Sunshine Killer

Impressum:
ISBN: 978-3-903989-77-1

Windmühlgasse 26
A-1060 Wien
Produktion: Mag.a Claudia Knöpfler
Layout: Elisabeth Waidhofer
Lektorat: textfein.at
Coverbild: www.shutterstock.com
Illustrationen: www.shutterstock.com
Herstellungsort: Wien

Franziska Waltz
Claus Schönhofer
Norbert Peter

Sunshine Killer

9 Wiener Sommerkrimis

echomedia
BUCHVERLAG

Mit „KillerBells“ unterhielt das Autoren-Trio Franziska Waltz, Claus Schönhofer und Norbert Peter das weihnachtlich gestimmte Publikum mit mörderisch amüsanten Kurzkrimis. In der Fortsetzung „Sunshine Killer“ geht's in den Sommerurlaub. Es ist nicht alles geschmolzenes Himbeereis, was in der Wiener Sommerhitze auf den Boden tropft. Wohin führt die rote Spur im Freibad? Warum werden Dreharbeiten beim Heurigen plötzlich zum Tatort? Und wie kriminell ist Homeoffice auf der Luftmatratze? Bei mehr als 30 Grad im Schatten sind die Straßen in Wien heiß und mörderisch.

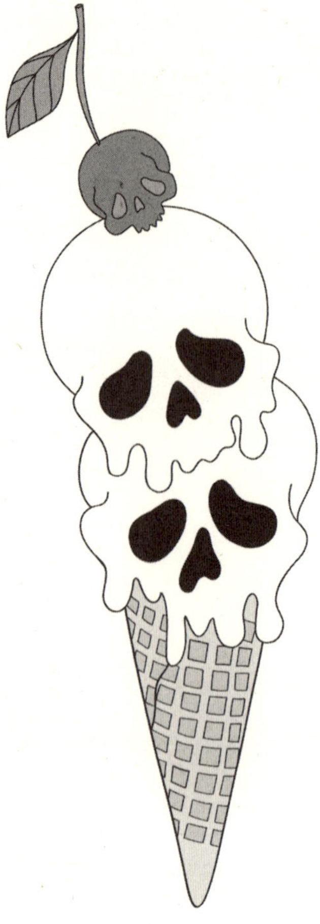

Wein, Eiaufstrich und die letzte Klappe

von Franziska Waltz

„Und bitte!"

Langsam streicht Stanzi Eiaufstrich auf eine Scheibe Schwarzbrot und legt kunstvoll ein Stück Tomate darauf. Sie salzt ihr Werk. Das Buttermesser reflektiert das Licht der sommerlichen Nachmittagssonne und kommt auf einer bedruckten Serviette zum Liegen. Zoom: *Heuriger Stalzl – 150 Jahre Tradition in Grinzing*. Eine sympathische Kellnerin im Dirndl tritt heran und stellt mit einem „Bitte sehr" schwungvoll zwei Weiße Spritzer auf den Tisch. Danach wackelt sie davon. Gegenüber von Stanzi sitzt Ronald. Er macht gar nichts, er schaut nur. Zoom aus dem Bild. Stanzi und Ronald sitzen an einer grün lackierten Heurigen-Bank-Tisch-Kombination. Rund um das Setting eine saftige, frisch gemähte Wiese, Blumenarrangements und weitere Heurigen-Bank-

Tisch-Kombinationen mit glücklichen Menschen drumherum. Dazu ein imposanter Ausblick auf Weinberge und Wien. Gläser und Geschirr klappern leise im Hintergrund. Ein Vogel zwitschert.

„Danke!", brüllt es aus dem Off.

Ein junger Mann in grauer Cargohose und schwarzem T-Shirt taucht geräuschlos aus dem Nichts auf, lässt die Filmklappe vor der Kamera zuschnappen und verschwindet sofort wieder. Filmregisseur Heinzi Heutmayer betritt kurz darauf die Szene. Kopfhörer um den Hals, das Drehbuch unter dem Arm eingeklemmt, eine verschmierte Gleitsichtbrille im Gesicht. Er räuspert sich und hebt seine rechte Hand, um eine Demonstration durchzuführen.

„Schau", sagt Heinzi Heutmayer zu Stanzi Berger, dem neuen Star am TV-Himmel. „Du salzt zu langsam. Das muss so gehen." Er deutet den Salz-Rhythmus an, den Eiaufstrichbrot und Regie anscheinend benötigen. „Eins, zwei, drei! Bam, bam, bam!"

Stanzi Berger nickt. Dass ihr die Regieanweisungen des in die Jahre gekommenen Regisseurs tierisch auf den Senkel gehen, verbirgt sie nach zwei Drehwochen nur mehr mäßig gut.

„Und du", Heinzi Heutmayer wendet sich nun Ronny Reininger, einem etablierten Publikumsliebling, zu, „du musst anders schauen. Schau einmal so." Heinzi macht ein undefinierbares Gesicht, mit dem kein Schauspieler etwas anfangen könnte.

Ronny Reininger nickt und versucht, den Gesichtsausdruck herzustellen.

„Ja, genau“, freut sich der Regisseur und schlapft wieder davon. Etwa zwanzig Meter entfernt, hinter einem Baumgrüppchen, sind sein Regiesessel, Bildschirme und der Tonmeister mit dessen Equipment versteckt. Heinzi setzt sich. Aus dem Hintergrund hört man nun wieder seine Stimme: „Wir machen das Ganze jetzt noch einmal von Anfang! Und Ruhe, bitte!“

„Ruhe, bitte!“, wiederholt die Regieassistenz laut, damit es auch wirklich alle am Set hören können.

Stanzi holt tief Luft und atmet kaum hörbar aus. Leise zischt sie ihrem Kollegen zu, während jemand von der Maske an ihren Wangen noch schnell herumpinselt und gleich wieder wegflitzt. „Und wie oft soll ich das Scheißbrot noch salzen? Ich mach das schon zum verschissenen dreizehnten Mal, sogar im Dreivierteltakt!“

Ronald antwortet nicht. Er schließt nur seine Augen, um sich voll und ganz zu konzentrieren. Geistig geht er seinen nicht vorhandenen Text in dieser Szene durch, so, als würde er sich auf eine ganz große vorbereiten.

„Kamera läuft?“, fragt Heinzi und starrt auf den Mini-Bildschirm, der vor ihm aufgebaut ist.

„Ja, läuft“, sagt die Kameraassistenz.

„Na dann … und bitte!“

„Entschuldigung!", ruft Stanzi in den Take hinein.

Die Kamerafrau schaut Heinzi fragend an.

„Was ist los, bitte?" Heinzi Heutmayer quetscht seine kleinen Augen zusammen und glotzt irritiert hinter den Bäumen hervor.

„Es kommen doch nach dieser Ich-salze-ein-Eiaufstrichbrot-Szene die Musikanten zu uns und singen!", ruft Stanzi dem Regisseur zu, während der sich aus seinem Regiesessel windet und wieder zu Stanzi und Ronald zurücklatscht.

Das irgendwo herumlungernde, in Tracht gekleidete Musikertrio *Die lustigen Schrammler* mit Kontragitarre, Akkordeon und Violine wird jetzt hellhörig.

„Weil ...", sagt Stanzi, „hat sich das eigentlich irgendjemand genauer angeschaut? Ist der Text von der Redaktion so wirklich freigegeben?"

Der Regisseur hat den Heurigentisch mit dem Schauspieler-Paar erreicht und schaut zuerst Ronald an, der nichts sagt, und dann Stanzi.

„Liebe Stanzi", sagt er in aller Ruhe, „können wir vielleicht später darüber sprechen? Wir müssen jetzt dieses Bild fertigdrehen, sonst bekommen wir ein Problem mit dem Licht." Er deutet in den strahlend blauen Sommerhimmel.

Stanzi ignoriert ihn und zieht einen Zettel, auf dem sie gesessen hat, unter ihrem Hintern hervor. Laut zitiert sie, was darauf notiert ist, während Heinzi sich wieder entfernt.

„Hollodaro! Hollodaro!
Es wird a Wein sein, und mir wer'n nimmer sein.
D'rum g'nieaß ma's Leb'n, so lang's uns g'freut.
'S wird schöne Maderln geb'n und wir werd'n
nimmer leb'n.
D'rum greif ma zua, g'rad is's no Zeit.“

Heinzi bleibt stehen und dreht sich um. Als Stanzi fertig ist, schaut sie ihn erwartungsvoll an, also latscht er wieder zurück.

„Ja und? Was ist damit? Das ist ein altes Heurigenlied, das schon Hans Moser und Paul Hörbiger gesungen haben. Ein Stück Wiener Kulturgut.“

„Ja, aber *'s wird schöne Maderln geb'n und wir werd'n nimmer leb'n, d'rum greif ma zua, g'rad is's no Zeit?* Das ist sexistisch und eine Handlungsaufforderung, sich an jungen Frauen zu vergehen, und wir drehen hier eine Feel-good-Sommerkomödie und keinen Porno.“

Das anwesende Filmteam ist nun mit seiner ganzen Aufmerksamkeit bei den beiden und wartet gespannt, was passieren wird. Manche grinsen einander triumphierend an, andere machen sich unsichtbar, weil sie wissen, dass diese Situation explosives Konfliktpotenzial hat. Komparsen starren irritiert den Regisseur an oder betreten auf Tischplatten, die mit Fake-Wein und belegten Broten dekoriert sind.

Heinzi Heutmayer ist baff und kann nicht glauben, was er da hört. Er sieht Stanzis entschlossenen Blick, diese

Diskussion bis zum Ende zu führen, und zögert. Für einen Moment fehlt ihm die Schlagfertigkeit, für die er seit Jahrzehnten unangenehm bekannt ist. Er ringt nach Worten. In einem Seminar, das der Regisseur vor den Dreharbeiten absolvieren musste, hatte er gelernt, dass es *seine guten, alten Zeiten* nicht mehr gab. Keine patriarchalen Schreikonzerte und Wutausbrüche mehr, kein despektierliches oder übergriffiges Verhalten Cast oder Crew gegenüber. Egal, ob weiblich oder männlich. Kurzum, die Zeit, sich während des Drehs wie ein Arschloch zu verhalten, ist vorbei. Nach dem Seminar wurde ihm sogar ein Booklet ausgehändigt, in dem beschrieben ist, wie man respektvoll und empathisch mit allen Menschen vor und hinter der Kamera umzugehen hat. Sanktionsandrohung inklusive. Also holt Heinzi tief Luft und unterdrückt seine Wut, die sich wie zähe Lava satt und brodelnd in seinem gedrungenen Körper auszubreiten beginnt.

„Und was genau schlägst du vor, liebe Stanzi?", bringt er mit flötender Stimme hervor, als hätte er Kreide gefressen.

„Das Trio soll irgendwas anderes fiedeln", sagt Stanzi pragmatisch, „aber nicht dieses Lied und schon gar nicht diesen Text singen."

Ein stiller Moment entsteht.

Alle am Set schauen der Szene zu, die sich spannender als das Drehbuch zu entwickeln scheint. Heinzi Heutmayer beißt sich auf die Lippen.

Plötzlich bewegt sich Publikumsliebling Ronald.

„Wie wäre es mit *Wenn ich mit meinem Dackel von Grinzing heimwärts wackel*", spricht er, ohne aufzusehen, und tippt auf seinem Handy herum. „Das ist von Peter Alexander und ganz harmlos." Er hält ihnen den Bildschirm mit seinem Recherche-Ergebnis hin.

Entsetzt sieht Stanzi ihn an.

„Ganz harmlos? Na genau", ätzt sie. „Ich kenne das Lied sehr gut und es verherrlicht den Alkoholkonsum. Schaut euch den Text mal an. Da wackelt ein Besoffener nach dem Wirtshaus nach Hause und schafft das nur, weil ihn sein Dackel heimführt. Tierquälerei auch noch. So jemandem gehört der Hund ja in Wirklichkeit entzogen."

Heinzi Heutmayer bekommt einen roten Kopf, einer vom Schrammel-Trio, der mit dem Akkordeon, einen Lachanfall.

„Ich glaube, wir verirren uns jetzt alle ein bisschen im Dickicht der wunderbaren Wiener Schrammelmusik", sagt der Regisseur auffällig beherrscht und man kann seine Adern am Hals pochen sehen. „Ich finde, wir salzen jetzt noch mal schön das Eiaufstrichbrot und dann reden wir in aller Ruhe über Liedtexte."

Stanzi findet das nicht.

„Ich finde, wir sollten einen *heutigen* Schrammelmusik-Text von den Drehbuch-Autor:innen verfassen lassen. Einen, der keine Personen diskriminiert oder irgendwelche problematischen Sachen verherrlicht. Da muss man einfach mal politisch korrekt drüberarbeiten über diese anachronistischen Werke von früher“, erklärt sie ganz selbstverständlich und schaut den Regisseur gelassen an.

Jetzt platzt Heinzi Heutmayer der Kragen.

Das halbe Team geht in Deckung, die andere Hälfte kommt aus ihren Verstecken hervor und will live dabei sein. Einige Komparsen stehen auf und verschwinden verängstigt auf dem Klo. Die Heurigenwirtin, die die Kellnerin gespielt hat, verlässt ihren Posten hinter einem Berg Zweigelt-Weinkisten und tritt neugierig näher.

„Wisst's was?!“, brüllt Heinzi Heutmayer wie von Sinnen. Seine Augen quellen hervor, die verschmierte Brille rutscht seine verschwitzte Nase entlang. „Ihr könnt mich alle scheißen tragen. Seit über dreißig Jahren mache ich diesen Job. Seit über dreißig Jahren! Ich habe mit allen großen Namen zusammengearbeitet. Kino, Fernsehen, alles! Ich habe Serien gedreht und Filme. Quotenhits! Und ich habe keinen Bock mehr auf diese depperten Diskussionen, den Gender-Schas und das Durchschaukeln eurer ganzen Oasch-Befindlichkeiten. Ich bin raus! Macht's euch den Gack selber!“

Stanzi, Ronald, die Heurigenwirtin, die restlichen Komparsen, jemand vom Film-Catering, die verbliebene Crew und der Produktionsleiter, der eben zum Set gekommen ist, schauen Heinzi Heutmayer zu, wie der seine Kopfhörer vom Hals reißt und unter einen großen, hundertjährigen Kastanienbaum pfeffert, sich schreiend an den Kopf greift und laut vor sich hin schimpfend die Location verlassen will.

„Geht's bei euch immer so zu?", raunt die Heurigenwirtin dem Produktionsleiter zu.

„Nein", antwortet der, „schon lange nicht mehr, aber das hat der Heutmayer noch immer nicht mitbekommen."

Da tritt plötzlich die Produzentin aus dem Schatten einer Linde hervor und stellt sich dem tobenden Regisseur in den Weg.

„Heinzi – auf ein Wort."

Tatort statt Schwimmbad

Sägt dir das Leben die Äste ab, mach Zweigelt daraus ist mit weißen Lettern auf das dunkelblaue T-Shirt gedruckt, das Kriminalkommissarin Laura Spielmann zu ihrer sommerlichen Hose trägt. Mit vorsichtigen Schritten umrundet sie die männliche Leiche, die ein Liebespärchen beim Spazierengehen in den Grinzinger Weinbergen entdeckt hat. Im Herz des Toten steckt ein Buttermesser. Schön senkrecht.

Aus dem naheliegenden Krapfenwaldbad, einen Hügel weiter, ist typischer Trubel eines Freibades zu hören. Stimmengewirr, Plätschern, Rufe, Auto- und Zweiradmotoren. Die Geräusche verweben sich mit jenen am Fundort des Toten zu einer eigentümlichen Kulisse.

„Tut mir leid, dass wir Sie an Ihrem freien Tag aus dem Bad geholt haben", sagt ein Uniformierter zu Laura Spielmann, die ein Schon-gut-Zeichen mit den Händen deutet.

„War nur Zeitausgleich“, beschwichtigt sie und ist insgeheim erleichtert, eine Ausrede gehabt zu haben, den aufdringlichen Liege-Nachbarn losgeworden zu sein, der nicht lesen und in der Sonne braten, sondern lieber mit Sommer-Testosteron abgefüllt mit ihr anbandeln wollte.

„Was habt ihr bis jetzt herausgefunden?“, fragt sie den Uniformierten und bückt sich über die Leiche.

„Nicht viel. Wir stehen erst am Anfang. Gefunden wurde er um 12.23 Uhr. Da ging der Notruf bei uns ein. Die Frau Doktor von der Pathologie meint, er ist gestern am späten Abend mit dem Buttermesser erstochen worden, wobei das gar nicht so leicht sein soll mit so einer stumpfen Tatwaffe, sagt sie. Aber mehr weiß sie erst ...“

„... wenn sie ihn am Tisch hatte, klar.“

Die Kriminalkommissarin beobachtet die Pathologin, die an ein Auto gelehnt unter einem großen Sonnenschirm erste Erkenntnisse ins Handy diktiert, und winkt ihr, eine Hand an ihr Ohr haltend, zu. Soll meinen: Ruf mich an, wenn du etwas weißt. Die Medizinerin winkt zurück und nickt.

„Als ich herübergefahren bin, habe ich gleich nebenan Fahrzeuge gesehen, die zu einer Filmproduktion gehören“, sagt Laura Spielmann zum Uniformierten. „Da wird anscheinend beim Heurigen Stalzl ein Film gedreht. Habt ihr dort schon nachgefragt?“

„Nein, da gehen wir jetzt hin, denn der Tote ist der Regisseur“, hört Laura statt einer Antwort vom Uniformierten eine andere Stimme hinter ihrem Rücken. Sie dreht sich um und erkennt ihren Kollegen.

„Ah, Moritz, Servus."

„Servus, Bibi."

„Haha", stöhnt Laura dem Scherz überdrüssig. „Sehr witzig".

Lauras Kollege, Kriminalkommissar Moritz Reindl, lässt keine Gelegenheit aus, auf Bibi und Moritz, das berühmte Ermittlerduo im Wiener *Tatort*, anzuspielen.

„Apropos witzig, hast du letzten Sonntag den Tatort gesehen?", fragt Moritz Reindl. „Da gab's auch eine Leiche in den Weinbergen."

„Nein, habe ich nicht. Und? Wer war der Mörder?"

„Weiß nicht, bin eingeschlafen."

„Blöd, sonst wüssten wir jetzt vielleicht, wer es war, und ich könnte wieder zurück ins Krapfenwaldbad fahren."

„Fast witzig", sagt Moritz.

Das Leben schreibt die besten Drehbücher

Es dauert einige Zeit, bis sich Laura Spielmann, Moritz Reindl und ihr Team durch die Befragungen der Anwesenden beim *Heurigen Stalzl* durchkämpfen. Alle Beteiligten der Dreharbeiten waren zu Mittag wieder zum Set gekommen, gibt man allgemein zu Protokoll. Geplant war, die Szene vom Vortag noch einmal zu drehen. Selber Cast, selbe Crew, selbe Komparsen, alle da. Doch einer war nicht gekommen. Heinzi Heutmayer, der Regisseur. Man versuchte, ihn am Handy zu erreichen, doch das war abgedreht. Auch die Produktion konnte ihn nicht erreichen. Ein paar Leute stellten die These auf, dass er nach dem Eklat vom Vortag, der Diskussion mit der Hauptdarstellerin, doch noch das Handtuch geschmissen haben könnte. Ein paar andere meinten, er würde einfach nur zu spät kommen, weil er sich in der Nacht vielleicht angesoffen hätte. Vom Tod des Regisseurs erfuhr man erst, als die Polizei vorhin auftauchte.

Laura Spielmann wandert umher und hört in die Gespräche hinein. Sie findet keinen Anhaltspunkt, der ihr sinnvoll erscheint, also zitiert sie den, von dem sie glaubt, er würde Heinzi Heutmayer am besten kennen, zu sich. Den Regieassistenten, der blass und in sich gesunken auf einem Gartenstuhl hockt und nicht fassen kann, was passiert ist. Sie bittet ihn, noch mal im Detail von dem Wortgefecht zwischen der Schauspielerin und dem Regisseur zu erzählen.

„Die Stanzi", gibt er sich bereitwillig und versucht, Haltung anzunehmen, „hat zum Heinzi gemeint, dass sie ein anderes Heurigenlied haben möchte. Das sollte zwar eigentlich erst in der nächsten Szene vorkommen, aber anscheinend hat sie das schon länger gewurmt. Also hat sie ihm gesagt, mitten in den Take hinein, dass ihr der Text nicht passt, weil er nicht mehr zeitgemäß ist und vor allem sexistisch."

„So so“, sagt Laura Spielmann und überlegt, ob Stanzi Bergers Aktion eine Provokation hatte sein sollen, denn sie hätte den Regisseur auch zu einem anderen Zeitpunkt fragen können. „Und dann?“

„Dann hat sich der Heinzi zurückgehalten. Ich kenne ihn lange und sehr gut, es war ihm anzusehen, dass er wütend wird. Der hat innerlich sofort gekocht, weil die Stanzi damit erstens die Szene bei laufender Kamera unterbrochen hat und zweitens ihn mit einer Sache konfrontiert hat, mit der er nichts anfangen kann. Sexistische Heurigenlieder und so. So etwas versteht der Heinzi nicht. Eh untypisch für ihn, dass er die Stanzi nicht gleich angefahren ist. Seine Beherrschung hat aber nicht lange gehalten und er ist, als sie mit ihm zu diskutieren begonnen hat, recht bald komplett ausgezuckt, hat alles hingeschmissen und wollte davon. Erst die Produzentin, die gerade auf Besuch vorbeigekommen ist, hat ihn beruhigen können und wir haben noch bis Drehschluss um 18.30 Uhr mit ihm weitergearbeitet.“

„Was wissen Sie über Heinzi Heutmayer privat?“, fragt Moritz Reindl, der dazugekommen ist und alles mitgehört hat.

„Da gab’s nicht viel. Der Heinzi war seit einigen Jahren geschieden, Kinder längst erwachsen und irgendwo im Ausland. Ich glaube, der ist auch finanziell nur irgendwie über die Runden gekommen. Hat ja kaum noch gedreht, was kein Wunder ist. Heute will sich so ein Verhalten niemand mehr gefallen lassen", sagt der Regieassistent und deutet sodann mit dem Kopf zum Nachbargrundstück, hinter dessen hohen Bäumen ein altes, mit Moos bewachsenes Hausdach hervorlugt. „Übrigens steht sein Haus nebenan, aber das habe ich Ihrem Kollegen schon erzählt."

Laura sieht überrascht zum Nachbargrundstück, bedankt sich beim Regieassistenten für seine Aussage und zieht Moritz zur Seite.

„Was?", tuschelt sie ihm ins Ohr. „Die Leiche wohnt nebenan und das erfahren wir erst jetzt? Oder hast du das gewusst?"

Moritz schüttelt den Kopf.

„Und warum sagt uns das keiner? Welcher Kollege war das?", zischt Laura weiter, in ihren Augen angriffslustiger Zorn.

„Vielleicht war's ja eine Kolleg*in*", flüstert Moritz zurück und grinst.

„Bitte, Moritz, geh mir jetzt nicht am Geist, hol lieber die Schauspieler*in* noch mal her."

„Gern, aber die hat ein hieb- und stichfestes Alibi", sagt Moritz. „Die war mit ein paar Leuten vom Team Abendessen."

Du sollst immer nett sein

Es bietet sich dem Ermittlerduo eine übertrieben selbstbewusste 25-Jährige, der Heinzi Heutmayers Tod im Vergleich zu den anderen wenig auszumachen scheint. Sie gibt an, dass die Zusammenarbeit mit dem Regisseur nicht einfach gewesen wäre. Er sei ein typischer Branchen-Dinosaurier, dessen beste Zeiten längst vorbei gewesen wären. Künstlerisch wie menschlich.

„Seine Art, zu arbeiten und mit Menschen umzugehen, ist doch aus dem letzten Jahrtausend“, meint die Schauspielerin abgeklärt und nimmt dabei ihre große, schwarze Sonnenbrille ab. „Und dann dieses Heurigenlied“, sie verdreht die Augen, „genau wegen derartiger Dinge und wegen seiner ganzen g'schissenen Art grundsätzlich will mit dem schon lange keiner mehr zusammenarbeiten. Aber deswegen einen Mord begehen?“

„Wollten Sie ihn provozieren?“, fragt die Kommissarin.

„Wieso provozieren? Wie kommen Sie darauf? Ich wollte einfach meine Meinung sagen“, erwidert Stanzi Berger und setzt ihre Brille wieder auf.

Laura und Moritz schweigen für einen Moment. Aus dem Krapfenwaldbad ist eine Durchsage zu hören, dass der Fahrer des blauen Porsche-Cabrios mit einem deutschen Kennzeichen sein Fahrzeug augenblicklich vor der Einfahrt der Feuerwehr zu entfernen habe.

Stanzi Berger steht auf.

„Mehr weiß ich nicht. Kann ich jetzt gehen?“, spricht sie in die Durchsage, die noch mal wiederholt wird, hinein. „Ich muss noch zu einem Casting. Und für gestern habe ich ein Alibi.“

Laura Spielmann gibt der Schauspielerin nonverbal zu verstehen, dass sie sich verziehen kann.

„Hm“, murmelt Laura, während sie der jungen Frau nachschaut. „Irgendwas an der ist komisch.“

„Na ja, Schauspielerin halt", witzelt Moritz.

„Geh bitte", stöhnt Laura.

„Sorry, war ja nur ein blöder Spruch."

„Ja, aber genau solche *blöden Sprüche* halten Sexismus und Diskriminierung aufrecht!"

Moritz schweigt. Er will die Debatte zwischen Stanzi Berger und Heinzi Heutmayer nicht nachspielen und dann womöglich zwischen Rebstöcken landen, mit einem Eiaufstrich-Buttermesser mitten im Herz.

„Vielleicht war es ja die Produzentin?", sagt er, um das Thema zu wechseln. „Die hat doch bis jetzt noch niemand erreicht. Oder hat sich die schon nach Hollywood abgesetzt?"

„Aber welches Motiv sollte die haben?", hinterfragt Laura skeptisch und setzt sich auf eine Holzkiste, die mit Weinflaschen befüllt im Schatten steht. „Die ist die einzige, die den Regisseur lebendig braucht, sonst ist ihr Film dahin und so, wie das hier aussieht", Laura deutet mit großer Geste auf die vielen Menschen, die gerade ohne Beschäftigung herumlungern, auf Equipment und den Heurigen als Ganzes, „kostet das alles eine Menge Geld, so richtig viel. Ohne Regie kein Film, nehme ich an."

„Vielleicht ist sie gut versichert?", sagt Moritz.

„Gegen Mord?"

„Stimmt auch wieder." Er grunzt eine Bestätigung und fühlt sich von zig untätigen Augenpaaren fragend angestarrt. „Bibi und Moritz würden jetzt trotzdem zuallererst die Produzentin suchen", sagt er. „Im Affekt ist schon viel passiert, wie wir wissen. Und wenn der Sommer tropisch heiß ist, wie unserer gerade, dann erst recht."

„Nein", sagt Laura und steht von ihrer Weinkiste auf. „Bibi und Moritz würden jetzt zuerst mit der Heurigenwirtin sprechen und dann Heinzis Haus nebenan anschauen gehen."

Die Heurigenwirtin Grete Stalzl ist gerade dabei, ihr Sortiment kleiner Salz- und Pfefferstreuer auf einem großen Tablett zu sortieren. Ab und zu wischt sie mit einem feuchten Fetzen über eines der Gläschen und prüft dessen Inhalt, indem sie es gegen das Licht hält.

„Das Geschäft muss ja morgen weitergehen", sagt sie und öffnet die weiße Plastikkappe eines Salzstreuers, um ihn aufzufüllen. „Das Filmteam hat bis heute Abend meinen Heurigen gemietet und morgen sperren wir wieder auf. Viel Zeit habe ich nicht, tut mir leid. Es wartet ein Berg Arbeit auf mich." Scheppernd stellt sie das Gläschen zurück und wieselt Richtung Küche, in der sich das Film-Catering ausgebreitet hat.

Laura und Moritz verfolgen sie.

„Sie sehen ja, wie es hier aussieht", betont die Wirtin, um ihrer Geschäftigkeit Ausdruck zu verleihen. „Ich hoffe, Sie halten mir diese Filmleute nicht allzulange auf, sonst können S' gleich mit anpacken, damit morgen alles fertig ist."

„Sie haben gestern bei den Dreharbeiten mitgespielt, Frau Stalzl", sagt Moritz und versperrt ihr den Weg, als sie gerade ins Kühlhaus gehen will.

„Ja, als Kellnerin, warum?"

„Genau. Warum?"

„Was warum?"

„Warum haben Sie mitgespielt?", fragt jetzt Laura energisch.

„Warum nicht?", entgegnet Grete Stalzl.

„Frau Stalzl, wir können Sie auch aufs Kommissariat mitnehmen", sagt Moritz ruhig.

Die Heurigenwirtin holt Luft, um die Warum-Diskussion weiterzuführen, da steht plötzlich Stanzi Berger, die Schauspielerin, neben ihnen.

„Weil ich vorgeschlagen habe, dass meine Mutter mitspielen soll, wenn wir schon in unserem Heurigen drehen", sagt sie. „Außerdem haben wir eine Kellnerin gebraucht."

Laura und Moritz schauen einander überrascht an.

Die Schauspielerin ist die Tochter?

Die Heurigenwirtin ist die Mutter?

Warum hat uns das keiner gesagt?

„Interessant", sagt Laura Spielmann langsam und Moritz ergänzt: „Tochter und Mutter und zufällig wohnt neben dem Heurigen der tote Regisseur."

Laura wendet sich Stanzi Berger zu.

„Warum sind Sie überhaupt wieder da? Wollten Sie nicht zu einem Casting?"

„Ja, wollte ich. Habe ich aber abgesagt. Die Rolle ist mir doch zu klein."

In Lauras und Moritz' Blicken ist deutlich zu erkennen, was sie von so einer Einstellung halten.

Da mischt sich Grete Stalzl ein.

„Meine Tochter wird den Heurigen und die umliegenden Weinberge einmal erben“, sagt sie schnappig. „So wie ich von meiner Mutter und die von ihrer Mutter. Die Stanzi braucht sich um Geld keine Sorgen zu machen und kann Rollen annehmen oder ablehnen, wie sie lustig ist.“

„Aha, na das ist ja schön“, entgegnet Moritz. „Gibt's eigentlich auch einen *Herrn* Stalzl?“

„Nein“, sagen Mutter und Tochter gleichzeitig.

„Wir brauchen keine Männer“, stellt die Heurigenwirtin klar. „So wie meine Mutter keinen gebraucht hat und meine Großmutter auch nicht. Wir Stalzls haben hier alles alleine aufgebaut und so bleibt es auch.“

„Ah ja. Und warum dann der Nachname Berger?“, fragt Laura Spielmann.

„Stanzi Berger ist mein Künstlerinnenname“, antwortet die Tochter. „Berger wie Weinberg.“

Moritz lacht auf.

Alle starren ihn an.

„Stanzi Stalzl ... good for Hollywood.“

„Ha ha“, haucht Stanzi die Silben hart betonend aus und setzt demonstrativ ihre schwarze Sonnenbrille auf. „Wie lange brauchen wir noch? Ich möchte nämlich den restlichen Tag am Pool verbringen und nicht mit Ihnen.“

Stanzi will sich umdrehen.

„Moment, Frau Stalzl“, bremst Laura Spielmann die Fluchtsehnsucht der jungen Frau. „Eine Frage habe ich noch.“ Die

Kommissarin sieht Mutter und Tochter abwechselnd in die Augen. „Wie war denn Ihr Verhältnis zu Ihrem Nachbarn, der zufällig der Regisseur war und jetzt tot ist?“

Aus Mutter und Tochter war nicht mehr viel herauszubekommen. Sie gaben lediglich an, dass Heinzi Heutmayer ab und zu bei ihnen Gast gewesen wäre und dass man sich vom Grüßen auf der Straße kannte. Auch hätte er der Tochter die Rolle nicht über den Gartenzaun angeboten, sondern die Anfrage sei über die Castingagentur der Produktion gekommen.

Beim Heinzi zu Hause

Heinzi Heutmayers nicht umzäunter Vorgarten empfängt Laura und Moritz recht ungepflegt. Die Sommerhitze lässt nicht gegossene Hortensien verwelken, die Wiese hat seit Wochen keinen Rasenmäher gesehen und ein sichtlich frisch gesetztes Apfelbäumchen kämpft tapfer ums Überleben.

„Naturgarten“, murmelt Laura ironisch und empfindet tiefes Mitleid für die vernachlässigten Pflanzen. Instinktiv schaut sie sich nach einer Gießkanne um.

„Ich glaube denen kein Wort“, sagt Moritz, der mürrisch seiner Kollegin nachlatscht. „Nie und nimmer haben die den Heutmayer nur vom Grüßen her gekannt oder weil er ab und zu bei denen Gast war. Und dass er der Tochter die Hauptrolle nicht über den Zaun angeboten hat, sondern sie von einer Castingagentur, oder wie das heißt, angefragt worden ist, glaube ich auch nicht.“

Moritz bleibt mitten im Vorgarten in der prallen Sonne stehen und schaut auf die fast kniehohe Wiese.

„Pfa, wenn ich das sehe, bekomme ich den Drang, Rasenmähen zu wollen“, sagt er und schüttelt den Kopf.

„Jetzt nicht“, sagt Laura und bleibt vor der Hauseingangstür stehen. „Außerdem soll man das sowieso nicht, wenn es so heiß ist, sonst verbrennt die Wiese.“ Sie steckt den Schlüssel, den sie von der Spurensicherung bekommen hat, ins Türschloss. Beim Versuch, ihn zu drehen, steht er sogleich an. Tack. Sie drückt die Klinke, die Tür öffnet sich.

„Da ist nicht zugesperrt“, sagt Laura verwundert und Moritz hebt die Schultern. „Vielleicht weil er nebenan gedreht hat?“

Der rückwärtige große Garten sowie das Innere des Hauses zeigen sich in keinem wesentlich besseren Zustand. Innen muffig und ungeputzt. Hinter dem Haus das gleiche Trauerspiel wie vorne. Laura und Moritz durchstreifen alle Räume, öffnen Schränke und Schubladen, wühlen sich durch herumliegenden Papierkram und Privatsachen. Routinierte Handlungen, geräuscharm und monoton zugleich. Da ein paar Fotos, dort Notizen und Rechnungen, stoßweise abgegriffene Drehbücher, benutzte Servietten, Taschentücher, überall verteilt schmutziges Geschirr. In Heinzis Arbeitszimmer, das südseitig einen Weitblick bis zum Schloss Wilhelminenberg bietet, inspiziert Moritz Reindl den Schreibtisch.

„Ich habe irgendwie das Gefühl, dass da schon jemand vor uns etwas gesucht hat", sagt Laura, die den Raum betritt und sich skeptisch umschaut. „Nicht, dass man das sehen würde, aber irgendwie spürt sich das so an."

Moritz hält inne und versucht, die mit angeblich fremder Energie aufgeladene Atmosphäre auf sich wirken zu lassen.

„Stimmt. Du hast recht."

Plötzlich hören sie eine Stimme.

„Hallo?"

Die alte Holztreppe knarzt, als die Stimme, durch den Vorraum näherkommend, vor dem Arbeitszimmer stehen bleibt.

„Hallo?", wiederholt sie.

Laura und Moritz verlassen ihre Position und bewegen sich auf die Tür zu, da steckt eine Frau den Kopf herein.

„Ah hallo", sagt sie erleichtert, als sie die Kommissare entdeckt. „Ich bin Mechthild Burkheld, die Produzentin von den Dreharbeiten nebenan. Ihre Kollegen haben mir gesagt, dass ich Sie hier finde." Sie streckt ihre Hand zum Gruß aus.

„Ah! Auch hallo", antwortet Laura Spielmann überrascht. „Wir haben stundenlang versucht, Sie zu erreichen."

„Ja", ergänzt Moritz. „Wir dachten schon, Sie hätten sich nach Hollywood abgesetzt, haha."

Niemand findet ihn lustig.

„Tut mir leid, ich war bei einer Rohschnittabnahme", erklärt die Produzentin.

„Bei einer was?" Moritz versteht kein Wort.

„Das ist, wenn ein Film fertig geschnitten ist und zum ersten Mal intern aufgeführt wird. Quasi eine Probevorführung, wenn Sie so wollen."

Moritz legt fragend den Kopf zur Seite. Alles rund um die Entstehung eines Filmes ist für ihn ein großes Mysterium. Wenn er sonntags seinen Tatort schaut, schaut er immer ganz genau, ob eine Leiche atmet oder nicht. Wenn sie atmet, bekommt er die Bestätigung, dass es einfach nur ein Darsteller ist. Wenn sie nicht atmet, fragt er sich immer: Wie machen die das?

„Auf jeden Fall war mein Handy im Flugmodus und als ich es aufgedreht habe, waren da zig Nachrichten. Ich bin schockiert", sagt die Produzentin. „Der Heinzi ist tot?"

Laura scannt Mechthild Burkhelds Gesicht und ist überzeugt, dass sie unschuldig ist, dennoch kommt sie nicht umhin, zu fragen, wie sie den Streit zwischen Stanzi und dem Regisseur wahrgenommen hat.

„Über Tote soll man nicht schlecht reden", sagt Mechthild Burkheld und senkt den Blick, „aber der Heinzi hat sich immer schon aufgeführt wie ein ..." Sie unterdrückt eine Beleidigung. „Ich meine, mit dem hat niemand in Frieden arbeiten können und für eine Produktion war er ein Risiko."

„Ein Risiko?", fragt Moritz.

„Ja, Leute, die zum Beispiel von einem Tag auf den anderen kündigen, weil er sie schlecht behandelt. Oder Schauspielerinnen und Schauspieler, die davonlaufen, weil er sie anschreit oder beleidigt. So etwas gefährdet die Dreharbeiten. Ein Film ist durchgetaktet bis ins letzte Detail, ein logistischer Drahtseilakt, bei dem es um viel Geld geht. Da braucht man Leute in der Regie, die auf Zack sind und das Team motivieren."

„Warum haben Sie ihn dann angestellt, wenn wir von allen Seiten hören, dass er problematisch war?", fragt Laura und versteht das ganze Theater nicht.

„Er hatte mich um eine Chance angebettelt", sagt die Produzentin, in ihren Augen Mitleid. „Der Heinzi, der war pleite. Und zwar so richtig. Ich war sein Strohhalm."

Nachdem die Produzentin gegangen ist, stehen Laura und Moritz angestrengt nachdenkend im Haus herum. Irgendwie will sich ihnen nicht erschließen, wer welches Motiv gehabt haben könnte, das für ein Buttermesser im Herz ausreicht. Ein schiefes Wort? Wohl kaum.

„Gehen wir's noch mal durch", sagt Laura, während sie im Vorraum auf und ab geht. „Der Heutmayer war pleite. Dann bettelt er die Produzentin an, ihm einen Job zu geben. Wie viel verdient man da eigentlich? Wurscht. Also der bekommt den Job. Gedreht wird bei seiner Nachbarin. Die Tochter von der Nachbarin bekommt eine Rolle. Dann streitet er mit ihr, also mit der Tochter. Oder sie mit ihm. Daraufhin will er alles hinschmeißen. Die Produzentin beruhigt ihn und es wird weitergearbeitet. Alle anderen hassen ihn. Einen Tag später ist er mausetot und liegt nebenan im Weingarten von den Stalzls."

Während Laura Spielmann herumtigert, wird Moritz nervös.

„Kannst du bitte aufhören, über diese verdammte Treppe zu latschen, während du hier auf und ab rennst?", sagt er. „Die Knarzerei stört mich beim Denken."

Abrupt bleibt Laura auf der Treppe stehen, dabei löst sich eine Trittfläche.

„Scheiße, jetzt hab ich die Stufe ..." Sie bückt sich, um das Holzbrett zurück an seine Position zu verschieben.

„Warte!", ruft Moritz aufgeregt und wirft sich auf die Knie.

„Was is? Ich kann das schon selber machen."

„Nein, da ist ein Hohlraum!"

Zeitgleich ziehen Laura und Moritz das Brett von der Treppe und es kommen eine Metallkassette und ein räudiges Blatt Papier mit handschriftlichem Gekritzel darauf zum Vorschein. Laura hebt die Metallkassette heraus, Moritz den Zettel.

„Und, was hast du?", fragt Moritz.

Laura öffnet die Kassette. „Schaut nach viel Geld aus. Sehr viel. Und bei dir?"

„Ein Wisch, auf dem steht, dass der Heinzi jemandem sein Grundstück verspricht und dafür eine Anzahlung bekommt. So, und jetzt schau dir mal den Aufdruck auf dem Zettel an."

Heuriger Stalzl – 150 Jahre Tradition in Grinzing

„Und Bibi, was machen wir jetzt?"

„Jetzt, Moritz, jetzt gehen wir auf ein Eiaufstrichbrot und einen Sommer-Spritzer."

Eiaufstrich ums Maul geschmiert

Der Heurige Stalzl sieht in der Nachmittagssonne mit seinem beeindruckenden Blick über Wien und die sommerlichen Weinberge nach den Ereignissen der vergangenen 24 Stunden nicht sonderlich romantisch aus. Das Filmteam ist abgezogen. Tische und Stühle stehen kreuz und quer. Es wirkt unaufgeräumt und leblos. Die Blumendeko, die tags zuvor noch liebevoll drapiert eine bunte Augenweide gewesen ist, steht heute zusammengeschoben in einem dunklen Eck. Kies und Wiese haben gelitten und sehen zertrampelt aus.

Laura und Moritz betreten den Gastgarten und setzen sich an einen der leeren Tische. Grete Stalzl ist weit und breit nicht zu sehen.

„Eigentlich schön hier", sagt Laura nach einer Weile. „Ich sitze viel zu selten im Sommer beim Heurigen. Vielleicht werde ich das jetzt öfter machen. Zuerst ins Schwimmbad ... dann zum Heurigen ...", träumt sie und greift in ihre Hosentasche, in der das Handy läutet.

„Gute Idee, aber hier vermutlich eine längere Zeit nicht mehr", sagt Moritz.

„Ah, die Frau Leichen-Doktorin", sagt Laura und hebt ab.

Moritz verschränkt die Arme vor der Brust, hört halb zu und sucht mit den Augen den Heurigengarten nach der Wirtin ab.

„Aha ... mhm ... ah ... na das ist ja interessant ... mhm ...

und du bist sicher? Okay … ja …. danke dir." Sie legt auf und schaut Moritz triumphierend an.

„Haben wir auf dem toten Ungustl eine Faser gefunden, die zu einem Dirndl gehört, oder warum schaust du so glücklich?", fragt er keck und hört von Weitem schnelle Schritte auf dem Kies. „Frau Wirtin! Grüß Sie!", ruft er Grete Stalzl entgegen. „Wir hätten Durst und Hunger. Gibt's vielleicht schon was?"

Mit ihren Händen in die Hüften gestemmt, bleibt die Heurigenwirtin vor ihnen stehen und schaut sie herausfordernd an. „Einen Eiaufstrich von gestern können S' haben", sagt sie. „Aber erst morgen, weil dann sperren wir wieder auf. Jetzt haben wir zu und Sie müssen gehen."

„Schauen Sie mal, wir haben Ihnen was mitgebracht", sagt Laura und zieht ein Plastiksackerl hervor, in dem sich der Zettel befindet, den Moritz und sie in der Treppe gefunden haben. „Da steht drauf, dass Sie dem Herrn Heutmayer das Grundstück abkaufen wollten."

Die Heurigenwirtin schaut blöd.

„Ich nehme an, so eine Art Vorvertrag. Oder war es mehr ein Darlehen samt Sicherheit?", fragt Moritz.

„Und das Geld zur Anzahlung, das haben wir auch gefunden", ergänzt Laura. „War es das, was Sie in seinem Haus gesucht haben? Vertrag und Geld? Oder nur Vertrag? Oder nur Geld?"

Die Wirtin schaut nun verwirrt.

„Ich … ich habe …", stottert sie.

„Sie hat dem Heinzi Geld geborgt, weil der so am Sand war und meine Mutter angebettelt hat", tönt es plötzlich aus dem Hintergrund und Stanzi Berger aka Stanzi Stalzl stapft heran. Im Bikini mit einem bunten Tuch locker um die Taille gebunden, baut sie sich vor dem Ermittlerduo auf.

„Lass", zischt ihr die Mutter zu.

„Wieso? Das können sie wissen! Als es ihm schlecht ging, hätte er alles getan, um an Geld zu kommen, der Versager."

„Sei still, Stanzi!", will die Mutter sie unterbrechen, doch die Tochter lässt sich nicht aufhalten.

„Und in einer durchzechten Nacht hat er ihr sein Grundstück als Pfand angeboten. Das hat nämlich einmal der Großmutter gehört und das wollte die Mutter schon lange zurückhaben. Er hat gesagt: Borg mir Geld und wenn ich es nicht zurückzahlen kann, dann verkaufe ich dir mein Grundstück zum halben Wert. Und dann hat er den Job für den neuen Film bekommen, mit einem fetten Gehalt. Das Geld von der Mutter aber, das wollte er nicht mehr zurückgeben."

„Stanzi, hör auf", sagt die Mutter plötzlich ganz ruhig.

„Warum? Du hast ihn ja nicht ermordet. Der hat genug andere Feinde gehabt."

Stanzi sieht ihre Mutter verständnislos an.

„Es war ..." Grete Stalzls Stimme versagt. Sie greift zu einem angeschnäuzten Taschentuch in ihrem Dirndlkittel.

Stanzis Blick wechselt zu fragend.

„Es war praktisch ein Unfall", rotzt die Mutter dumpf in das Fetzerl. „Der Heinzi und ich haben uns zu einer Aussprache im Weingarten getroffen und ich habe ein bissl was zum Essen und Trinken mitgenommen, weil ich mir gedacht habe, dass man doch vernünftig miteinander reden kann. Ich wollte ja nur mein Geld zurück, aber er, er wollte es mir nicht geben. Egal, wie viel Eiaufstrich du mir ums Maul schmierst, hat er gesagt. Und dann hat er gesagt, dass er sich an nichts erinnern kann. Ich weiß gar nicht, wovon du redest, hat er gesagt. Was für ein Geld? Welcher Vertrag? Und dann hat er mich ausgelacht und meine Sachen gefressen und gesoffen ... und gesagt, dir tun die Hunderttausend nicht weh, gib mir ein Bussi und wir vergessen die ganze Sache. Da hab ich rot gesehen ... aber", sie schnäuzt sich geräuschvoll und wendet sich Stanzi zu, „ich wollte deinen Vater ..." Erschrocken unterbricht sie ihren Satz.

Jetzt schauen alle doof.

„Meinen was??? Meinen ... Vater?", stammelt die Schauspielerin und ihre Blicke wandern hinüber zum Nachbargrundstück, hinter dessen hohen Bäumen ein altes, mit Moos bewachsenes Hausdach hervorlugt.

Am nächsten Tag

Laura und Moritz teilen sich eine breite Holzpritsche im Krapfenwaldbad. Jemand springt laut ins Wasser, Kinder laufen kreischend durch die Wiesen, die Durchsage ermahnt einen SUV-Fahrer mit Schweizer Kennzeichen, sein Fahrzeug vor der Feuerwehrausfahrt zu entfernen. Lauras Verehrer vom Vortag hat sich, nachdem er Moritz gesehen hat, vom Acker gemacht und sein Handtuch zehn Meter weiter weggeschoben.

„Schön hier, Bibi", sagt Moritz und grinst auf dem Rücken liegend ins Sonnenlicht. „Was hältst du davon, wenn wir von Leichen auf Eiaufstrich umsteigen? Ich glaube, jetzt gibt's einen Heurigen günstig zu kaufen."

Laura rappelt sich auf und bläst sich eine Haarsträhne aus dem Gesicht, die an der verschwitzten Stirn picken bleibt. Hinter großen Sonnengläsern versteckt, mustert sie ihren Kollegen, der beschwingt aufsteht und in seine Badelatschen schlüpft.

„Denk drüber nach. Ich hole einstweilen ein Jolly."

Sie sieht Moritz zu, wie er mit seinen Flipflops vergnügt dem Freibad-Kiosk entgegenschlapft und einen Geldschein aus seiner Badehose kramt. Laura wendet ihren Kopf und schaut über Wien. Ihre Augen suchen den Hügel, der ihr sanft geschwungen gegenüberliegt, ab. Bei einem 150-jährigen Winzerhaus machen sie halt. Sie schiebt ihre Sonnenbrille bis zur Nasenspitze hinunter und fixiert das Gebäude. Manche Chancen im Leben ergeben sich vielleicht nur einmal.

Vier Zehen für ein Halleluja

von Claus Schönhofer

Kapitel 1
Blut geleckt

Eine Blutspur führte zur Kantine des Strandbades. Von dort führte sie wieder raus zu den Umkleidekabinen. Ameisen kreuzten die Spur. Ein Rauhaardackel schnüffelte am Boden, zog sein Frauchen zum Blut, streckte die Zunge raus, um daran zu lecken. Frauchen riss an der Leine. „Pfui! gehst' da weg!", herrschte sie den Kurzbeiner an.

„Hunde sind hier nicht erlaubt!", keifte eine sonnenbrandgefährdete Dame auf der Sonnenliege. Dabei schaute sie empört ihren Mann an. Der schaute auch empört und nickte. „Keine Hunde!"

„Wir waren nur ein Eis kaufen und ein Wurschti für die Buffi!", keppelte das Frauchen sich rechtfertigend zurück. „Die Buffi war nicht auf der Wiese. Also regen Sie sich nicht auf, Sie Grillhendl, Sie!" Mehr sagte sie nicht und ging mit dem Buffi-Dackel ab. Die rothäutige Dame stieß ihren Mann an, dass er doch etwas sagen sollte auf diese Beleidigung hin.

„Selber Grillhendl!", rief er der Dame nach. Aber viel zu leise, die hörte das gar nicht mehr. Die Sonnengrillerin war sauer auf ihren Mann, weil der sich nicht gebührend für sie ins Zeug gelegt hatte. Aber das war es dann auch schon an diesem heißen Sommertag an der Alten Donau. Vorerst.

Kapitel 2
Lollipop oder die Kunst des Watschens

1971 oder 72, man weiß es nicht mehr so genau. Da war Bert 13 oder 14 und das erste Mal im Kino, allein. Mit Freunden. Ohne seinen Vater oder seine Mutter. Obwohl, Bert war schon ein Jahr davor ohne elterliche Begleitung im Kino gewesen. *Hurra, die Schule brennt* mit Heintje und Peter Alexander. Als Hauptdarsteller. Die waren aber überhaupt nicht lustig. Lachen konnte Bert über den Lauser, dargestellt von Hansi Kraus. Der war so ein richtiger Lümmel. Nicht so ein weichgespülter Möchtegernschlingel wie Heintje. Theo Lingen als Oberstudienrat war auch lustig. Damals war Bert zum Geburtstag eines Mitschülers gemeinsam mit der ganzen Klasse ins Kino eingeladen gewesen. Ein paar Erwachsene waren auch dabei. Aufsichtshalber. Also nicht wirklich ein selbstständiger Kinobesuch. 1971 oder 72 aber. Da war Bert nur mit Freunden im Kino. Mit Güntsch, Eier-Pauli, Wäudl und Süwerl. *4 Fäuste für ein Halleluja.* Bud Spencer und Terence Hill. Legende. Jede Watsche, jeder Fausthieb – klatsch, zack, bumm. Nie haben Prügel so schön geknallt und gebongt. Terence Hill konnte so schnell Ohrfeigen austeilen, dass sich locker zwei ausgingen, während er seinen Revolver zog und wieder in den Holster zurücksteckte. Und Bud Spencers Spezialität war der Lollipop. So nannten Bert und seine Freunde den mit beiden Händen gleichzeitig ausgeführten Schlag auf die Ohren des Gegners, eine Synchronwatsche. Oft gefolgt von einem Dampfhammer. Mit der Faust aufs Haupt. Der abschließende K. o. Das war so lustig anzusehen, dazu die völlig verblödelten Dialoge. Tränen lachen, aber wie auch noch. Zwei Stunden nahezu ohne Pause. Kieferkrampf, Salz in den Augenwinkeln. Glückseligkeit. Den Rest des Sommers wurden Szenen aus dem Film sowohl zur eigenen Erheiterung als auch zur Bespaßung der anderen Jugendlichen aus der Badesiedlung nachgestellt. Hin und wieder haperte es mit der Präzision der Choreografie und ein als angedeutet gedachter Lollipop ließ tatsächlich die Ohren klingeln.

Kapitel 3
Streifen zählen

Gitti errötete. Ihre Wangen verströmten eine Wärme wie ein auf mittlerer Stufe glühender Heizstrahler. Ihre Augen zitterten leicht, die großen Pupillen in der Mitte der wasserblauen Iris tanzten. In ganz kleinen, schnellen Schritten. Wie unentschlossene Käfer. Ganz kurze kleine Schritte nach links, dann wieder nach rechts, nach oben. Es war mehr ein Vibrieren als ein Bewegen, aber ausreichend, um den Blick aus dem Fokus fallen zu lassen. Gitti atmete in kurzen, unrhythmischen Stößen. Als würde sie über Stock und Stein einen steilen Berg hinauflaufen. Bert hatte gefühlte zehn Minuten keinen Atemzug mehr gemacht. Seine Schläfen pochten, ein wattiges Gefühl umhüllte sein Gesicht. Seine Finger hatte er kaum unter Kontrolle. Sie wollten mehr. Fester hingreifen. Nicht viel fester, aber ein bisschen fester. So, dass er sie spüren konnte. Ertasten konnte. Die Wölbung unter dem gestreiften Pulli. Gitti wollte es auch. Dass er endlich zugriff. Den Schritt, den Griff wagte. Sich losriss und die Kette sprengte, die ihn zurückhielt, die Grenzen der Erziehung und der Feigheit, der Scham zu überschreiten, zu übergreifen. „... zehn, elf, zwölf, dreizehn ...“, zählte Bert zum wiederholten Mal und berührte dabei mit seinem rechten Mittelfinger ganz zart die Streifen von Gittis Pullover. Von unten beginnend, relativ flott zwei bis sieben über den Bauch nach oben, dann langsamer und seeehr langsam über die Hügel. Elf bis siebzehn zählte Bert so langsam, dass er vergaß, wie weit er gekommen war. Vierzehn oder schon sechzehn oder erst fünfzehn? Noch einmal zählen. Ganz leicht und bei jeder Wiederholung ein ganz wenig nachdrücklicher, aber wirklich nur einen Deut frecher, strich sein Finger die dünne Wolle des Pullovers über Gittis Brüste.

Streifenzählen nannten sie es. Beide erst 13 Jahre alt und aus behüteten Elternhäusern, war es Gitti und Bert wohl bewusst, dass sie gerade dabei waren, ihr sexuelles Erwachen zu erleben. In diesem Sommer im Kleingartenverein an der Alten Donau.

Es war die Art von Sommer, in dem du als Kind in die Ferien gehst und danach als erwachsener Mensch wieder in die Schule zurückkehrst. Du wurdest wie jedes Jahr von den Eltern nach der Zeugnisverteilung mit dem vollbepackten Auto abgeholt und schnurstracks ging es an die Alte Donau, ins Kleingartenhäuschen, das für zwei Monate dein Heim sein würde. Deine Eltern haben dich nicht gleich beim Badeplatz aussteigen lassen, obwohl du dort schon einen deiner Kumpels entdeckt hattest. Du musstest zuerst helfen, den ganzen Hausrat für die Ferien auszuladen und in den Garten zu schleppen. Erst dann wurdest du in die Freiheit entlassen. Zuallererst raus aus den Schuhen, rein in Badehose oder Bikini und rauf aufs Campingfahrrad. Praktisch jeder in der Badesiedlung fuhr so ein Klapprad. Das war so was wie der Kleinwagen für die Stadt. Für weitere Strecken hatten die meisten ein Rennrad oder ein klassisches Damenrad mit großem Raddurchmesser. Aber auf den engen Wegen zwischen den Hecken und auf dem Schotter zum Wasser war man mit dem Klapprad mit seinen dicken Reifen wendiger und besser unterwegs. Man fuhr freihändig, die Arme lässig vor der Brust verschränkt. Sprang vom höchsten Ast des Uferbaumes mit dem Hintern voran ins Wasser. Suchte einen möglichst großen Stein, den man gerade noch hochheben konnte, und ging damit ins Wasser. Immer weiter hinein, ging unter Wasser so weit, bis einem die Luft ausging. So in etwa waren die Sommer der Kindheit. Dann kam der erste Sommer der Jugend. Längst ging es beim gemeinsamen Pingpongspielen, beim Ruderbootfahren, beim Schwimmen nicht mehr um Sport und Spaß. Es ging ausschließlich um die Hormone. Jede unabsichtliche Berührung war reine Absicht. Jeder zufällige Blickkontakt war kein Zufall. Herbeigeführt durch so langes Hinstarren, bis sich die Blicke irgendwann treffen MUSSTEN. Und das war dann der Moment, in den man alles hineininterpretierte, wovon man träumte. Wovon Gitti und Bert und wahrscheinlich alle erblühenden Teenager träumten, in diesem Sommer und wahrscheinlich in jedem Sommer und wahrscheinlich nicht nur dann.

Kapitel 4 A
Wie ein Gentleman

Gitti hatte zwei dieser gestreiften, dünnen Sommerpulloverchen. Einer im Matrosen-Look, blau und weiß gestreift, der andere in den Farben des Regenbogens. Der bunte Pulli hatte vierundzwanzig Querstreifen, der andere nur achtzehn. Gitti wählte den Pulli nach dem Grad ihrer jugendlichen Lust aus. Neckisches Spiel über 24 Stufen zum Höhepunkt der erotischen Gefühle oder mit 18 Schritten schnell zur Sache. Bert war es egal. Ihn beschäftigte jede Nacht vor dem Einschlafen nur ein Gedanke: Morgen werde ich ihren Busen berühren. Richtig, mit der ganzen Hand. Wie sich das anfühlen wird? Bis jetzt war sein allnächtlicher Mut im Moment, an dem es darauf ankam, verschwunden. Elf, zwölf, dreizehn, ganz sachte und behutsam. Wie ein Gentleman. Wie ein Gentleman, der zu *gentle* ist, um ein Mann zu sein.

Kapitel 4 B
Wie Bud Spencer

Güntsch war kein Gentleman. Er war zwei Jahre älter und drückte seine Lippen fest auf die ihren. Dabei hatte er seine Hände unter Gittis blau-weißem Pullover. UNTER ihrem Pullover. Gittis Blick wackelte. Wieso Blick? Hat man beim Schmusen nicht die Augen zu? So kannte man es aus Film und Bravo. Die Jugendzeitung Bravo war da eindeutig: Austausch von Zärtlichkeiten nur mit geschlossenen Augen. Güntsch stöhnte. War das so anstrengend? Gittis Pupillen wanderten in alle Richtungen. Es war nicht derselbe Blick, mit dem sie Bert anblinzelte, wenn er ihre Streifen zählte. Es war eher so, dass ihre Augen nach etwas suchten. Nach Hilfe.

Berts Lähmung begann zu weichen. Wie die Druckwelle einer Explosion hatte es Bert getroffen, als er sah, wie Gitti von einem anderen in den Armen gehalten und geküsst wurde. Seine Gitti. Schmusend. Eine andere als Berts Hand an ihrem Busen. Was Güntsch wollte, war eindeutig mehr, als ein Mädchen in Gittis Alter bereit war, zu geben.

Blitz, Bombe, Aufprall aus tausend Metern Höhe. Bert war schockstarr. Unfähig, sich zu bewegen. Da stand er hinter dem Busch, nur vielleicht zwanzig Meter entfernt. Was er sah, war was? Er wusste es nicht. Er verstand es nicht. Sein Hirn war noch nicht in der Lage, aus dem Gesehenen die rechten Schlüsse zu ziehen. Die Druckwelle der Explosion verzog sich, die Millionen Volt des Blitzes strömten aus seinem Körper, er rappelte sich nach dem Sturz aus großer Höhe geistig wieder auf. Er verstand, was er sah. Der andere war Güntsch und Güntsch wollte etwas, das Gitti nicht wollte.

Eine Sekunde später knallten, ohne dass er sie hätte kommen sehen können, von hinten zwei flache Hände gleichzeitig auf Güntschs linkes und rechtes Ohr. Eine Synchronwatsche mit Doppelknall, der das Trommelfell beinahe zum Platzen brachte, als hätte Bud Spencer zugeschlagen. Dann wurde Güntsch rücklings zu Boden gerissen. Im Schwitzkasten von Berts stahlharten Armen lag er da, zappelte mit den Beinen, ruderte mit den Armen, konnte sich dem würgenden Griff nicht entwinden. Dasselbe Blut, das noch einen Moment zuvor aus Erregung an seiner Schläfe gepulst hatte, mühte sich nun, gegen die Absperrung der Sauerstoffzufuhr anzukämpfen. Güntschs Augen quollen wie die von Heino hinter seiner Sonnenbrille. Speichel blubberte zwischen seinen Lippen hervor. Ins Leere. Nicht in Gittis Mund.

Kapitel 5
Butterfly

„Butterfly, my butterfly, dans un mois je reviendrai. Butterfly, my butterfly, près de toi je resterai ... (Schmetterling, mein Schmetterling, in einem Monat werde ich zurückkehren. Schmetterling, mein Schmetterling, in deiner Nähe werde ich bleiben ...)" tönte es aus einem Kofferradio aus der Ferne. *Butterfly, my Butterfly* von Danyel Gérard war einer der Sommerhits dieser Jahre. So wie *My sweet Lord* von George Harrison, *Brown Sugar* von den Stones, *Co-Co* von den Sweet oder *Tie a Yellow Ribbon Round the Ole Oak Tree* von Dawn. In *Tie a yellow ribbon* ging es darum, dass ein Krimineller vor seiner Haftentlassung seiner Freundin einen Brief schreibt. Wenn sie ihn noch liebt, soll sie ein gelbes Band um die alte Eiche binden. Wenn nicht, dann fährt er weiter. Als er mit dem Bus zur Eiche kommt, hängen dort hundert gelbe Bänder. Ach, wie schön, aber keiner hat damals den Text verstanden.

Güntsch klopfte ab. Soll heißen, er schlug mit der flachen Hand ein paarmal auf den Boden, ein unter Kämpfern bekanntes Zeichen für: „Ich gebe auf". Bert ließ noch für ein paar Sekunden nicht locker, dann löste er den Würgegriff und kroch unter dem erlahmten Körper seines Widersachers hervor. Güntsch röchelte. Wollte husten, aber es reichte nur für kurz abgesetztes Würgen. *Uäg, uäg.* Jeder Versuch eines befreiend tiefen Atemzugs wurde von einem

Uäg abgewürgt. Uäg. Wie ein Hund, der Gras auskotzt. Bert rappelte sich auf und blickte hinunter zu dem sich zurück ins Leben quälenden Güntsch. Der vermied, den Blick zu erwidern.

Gitti war verschwunden. Bert wusste nicht, was er tun sollte. Zum Abschluss mit dem Fuß in Güntschs Weichteile treten? Ihn anspucken, ihn anschreien, einfach umdrehen und weggehen, Gitti suchen? Bert wollte sich nicht entscheiden und spuckte Güntsch an und trat zu und nannte ihn eine Drecksau und ging weg, Gitti suchen.

Kapitel 6
Des Vaters Zorn

Gitti war schnurstracks nach Hause in den elterlichen Kleingarten gelaufen. Total verweint, die geröteten Augen von zerronnener Schminke umrahmt. Bevor sich ihre Eltern noch darüber mokieren konnten, dass sie im Sommer, mit dreizehn, ja, erst dreizehn! Schminkt sich im Sommer! Mit dreizehn! Bevor sich die Eltern darüber aufregen konnten, es wäre ja nicht das erste Mal, dass man ihr das vorgeworfen hätte, schluchzte Gitti: „Der Bert, der Bert hat …" Der Vater hatte den Bert am Kieker, wie man so sagt. Am Kieker, weil er wusste, dass dieser Bert mit seiner Tochter nicht mehr nur Tischtennis spielen wollte. Ja, er, der Vater, war auch einmal jung gewesen. Deshalb wusste er ganz genau, was in einem Burschen vorgeht, wenn ihm ein Flaum über der Oberlippe spross. Notgeil war das Mindeste. Wenn Gitti schon 18 oder noch besser, schon über zwanzig wäre. Dann vielleicht okay. Vielleicht. Vielleicht wäre dann sogar der Bert okay. Aber sicher nicht jetzt! Es dauerte kaum eine Sekunde, bis sich der Vater mit seinen Gedanken derart in Rage gebracht hatte, dass er mit geballten Fäusten aus dem Garten stürmte und das hüfthohe Gittertürchen beim Zuwerfen aus den Angeln hob.

Mutter schaute ihm völlig perplex nach, Tochter hob die rechte Hand, wie sie es in der Schule gelernt hatte, wenn sie etwas sagen wollte. Doch Mutter ließ sie gar nicht zu Wort kommen und beruhigte sie. „Der Papa wird sich darum kümmern." Gitti setzte noch mal an: „Aber der Bert ..." Die Mutter unterbrach: „Ja, der Bert, so ein netter Bursch, hab ich gedacht, so höflich und wohlerzogen und dann ... man kann nicht hineinschauen in einen Menschen." Da schluchzte Gitti noch heftiger, drohte, an ihren Tränen zu ertrinken, und presste zwischen ihren bebenden Lippen hervor: „Aber der Bert hat mir doch geholfen! Er hat den Güntsch verprügelt ..." Das ist jetzt blöd, dachte sich die Mutter. Blöd, dass der Vater das nicht mehr gehört hat. Weil der ist jetzt bereit zu was weiß Gott allem. Vom Güntsch hätte man so was eher erwartet. Vom Bert eher nicht. Also was machen? Mutter und Tochter machten das, was man in so einer Situation machen kann. Den Vater suchen und hoffen, dass sie ihn finden, bevor er Bert findet.

Kapitel 7
Die Blutspur

Kommissarin Margit Zehentna war die erste Frau, die bei der Wiener Mordkommission eine Ermittlung leitete. Ihre männlichen Kollegen waren an und für sich noch nicht so weit, sich von einer Frau etwas sagen zu lassen. Bei Margit Zehentna war das anders. Margit war einer von ihnen. Ein klasser Bursch, wenn auch eine Frau. Margit tschecherte und rauchte, konnte über ordinäre Witze lachen, sagte gern mal *oasch* und *schaaß*, war nicht angerührt, wenn einer eine blöde Bemerkung machte, zum Beispiel über ihre kleine Größe. Die einssiebenundfünzigeinhalb Meter kurze Neununddreißigjährige pflegte dann zu sagen: „Waßt eh, i bin a Terrier. I beiß glei zua auf ollas, wos auf meiner Augenhöhe is. Also pass auf dein Würschtl auf!“ Dabei fletschte sie ihre schönen, großen, trotz Rauchens weißen Zähne und alle lachten, auch wenn sich der eine oder andere Kollege doch ein bissl gefürchtet hat.

Margit Zehentna folgte der Blutspur zur Kantine des Strandbades. Von dort führte sie wieder raus zu den Umkleidekabinen, wo sich auch der Erste-Hilfe-Kasten befand. Dort saß ein verschreckter Bub. Auf seinem Knie ein großes Pflaster, das Blut, das über das Schienbein gelaufen war, bereits getrocknet. „Das also ist das Mordopfer?“, fragte die Kommissarin und erwartete darauf keine Antwort. Der Bub hatte sich beim Tauchen an einer Muschel geschnitten und es gar nicht gemerkt. Als er aus dem Wasser kam und sich ein Eis holen wollte, blutete er den betonierten Weg und den Boden vor der Kantine voll. Eine Dame entdeckte die Blutspur und vermutete sofort ein Verbrechen. Darum war Margit Zehentna jetzt hier.

„Der erste Gedanke war ein Verbrechen. Nicht ein Unfall, nicht eine Sportverletzung. Mord war das Naheliegendste, das Ihnen als Erstes in den Sinn gekommen ist“, stellte Margit Zehentna mit einem sarkastischen Unterton fest. Die Dame nickte. Die Kommissarin verdrehte genervt die Augen. Auf der anderen Seite war sie gar nicht so unfroh über diesen, wenn auch völlig ungerechtfertigten Einsatz. So kam sie wenigstens in die Sonne, statt im muffigen Kommissariat vor sich hin zu dunsten.

„I bring eahm um“, sagte die Dame, die die Polizei gerufen hatte.

Margit Zehentna stutzte: „Wie bitte? Was kann der Bub dafür?“

Die Dame winkte ab. „Das hat er gesagt, der Mann. I bring eahm um, hat er gesagt.“

„Welcher Mann? Wen bringt er um?“

„Weiß ich nicht und weiß ich nicht.“

„?“

„Wer der Mann war, weiß ich nicht. Und wen er umbringen wollte, weiß ich auch nicht. Eahm halt. Ihn, eahm. Wer immer der Eahm ist.“

Margit Zehentna sah sich um. Nichts zu sehen, was verdächtig wäre. Unter einem Sonnenschirm eine Kartenrunde beim Tarockieren. Ein Mann mit auffallend dickem Bauch schnarchte auffallend laut auf seiner Liege im Schatten eines Baumes. Ein Kind bekam gerade von seiner Mutter zwei Wochen Fernsehverbot, weil es sich nicht mit Sonnencreme einschmieren lassen wollte. Ein älteres Ehepaar teilte sich einen Eiersalat aus einer Tupperware-Schüssel. Im Nichtschwimmerbereich stand eine Frau mit Badehaube verdächtig lang regungslos im hüfthohen Wasser. Dann beutelte es sie kurz und sie kam wieder ans Ufer. Erleichtert.

Als Margit Zehentnas Blick zurückwanderte, stolperte er über eine Abweichung von der Blutspur, die der Bub gezogen hatte. Da ging eindeutig ein Fußabdruck in eine andere Richtung. Zum Ausgang des Bades hin. Die Kommissarin nahm den Fußabdruck genauer in Augenschein. Ein linker Fuß. Was war daran so auffällig? Eins, zwei, drei, vier Zehenabdrücke. Von der kleinen Zehe keine Spur. Margit Zehentna prüfte den linken Fuß des Buben. Fünf. Alle da. Der Abdruck auf dem Boden zeigte nur den Fußballen und die vier Zehen. Keine Ferse. Damit war die Fußgröße nicht messbar. Hm. Also ist jemand in das Blut des Buben gestiegen. Unwahrscheinlich. Der blutige Abdruck war älter, schon viel länger eingetrocknet als das Blut des Buben. Margit Zehentna sah sich noch mal um. In alle Richtungen. Tarockierer, schnarchender Mann, Kinder, die dem schnarchenden Mann eine Spinne auf die Nase setzten, Eiersalat war aufgegessen, Zimtschnecke zum Nachtisch, jeder die Hälfte, die Frau, die ins Wasser gepieselt hatte, hatte immer noch die Badehaube mit den

Gummiblumen auf, noch ein dunkelroter Fußabdruck. Dort drüben am Rand der Wiese. Wieder ein linker Fuß, wieder nur vier Zehen, wieder keine Ferse. Margit Zehentna peilte die Richtung, aus der die Spuren kamen. Sie führte von Abdruck 1 über Abdruck 2 zum angrenzenden Wäldchen.

Kapitel 8
Die tote Leiche und ein Jolly

„Die Leiche hat noch gelebt, bevor sie getötet wurde", stellte der Rechtsmediziner fest.

„Bitte überdenken Sie diesen Satz noch einmal", bat die Kommissarin den jungen Mann, der in kurzen Tennisshorts und Tennisshirt mit einem Krokodil drauf neben der Leiche kniete. Der verstand nicht recht und schaute die Margit Zehentna fragend an.

Die wiederholte seinen Satz ganz langsam: „Die Leiche hat noch gelebt, bevor sie getötet wurde." Dann, nach einer kurzen Pause: „Was an diesem Satz klingt seltsam?"

Man konnte den Groschen fallen hören. „Okay, der Tote war nicht gleich tot. Der zweite Stich ist erst einige Minuten später erfolgt. Das erkennt man daran, dass aus der ersten Wunde so viel Blut ausgetreten ist. Der zweite Stich war dann sofort tödlich." Der Rechtsmediziner war stolz auf seine präzise Darlegung des Sachverhalts.

„Waffe?", fragte die Kommissarin kurz.

„Schwer zu sagen. Lang, spitz, dünn. Aber eher kein Messer."

Der Kollege von der Spurensicherung übernahm: „Bisher keine mögliche Tatwaffe gefunden."

Und der Uniformierte, der den Fundort der Leiche absicherte: „Zeugen befragen, wer den Toten kennt, und so weiter, eh schon wissen."

Margit Zehentna nickte, dankbar, dass der Polizist so brav mitgedacht hatte.

Als er sich in Bewegung setzen wollte, stoppte sie ihn: „Vorher holen Sie mir noch ein Eis."

Der Polizist schaute sie fragend an.

„Ein Jolly. Bitte."

Kapitel 9
Wer noch lebt, ist nicht die Leiche

Gittis Vater humpelte mit schmerzverzerrtem Gesicht entlang des schmalen Grünstreifens neben der Straße. Er trat vorsichtig nur mit dem Vorderfuß auf. In seiner rechten Hand ein blutiges Taschentuch. Gitti und ihre Mutter auf der Suche nach ihm sahen ihn und liefen auf ihn zu.

„Manfred!", rief die Mutter.

„Papa!", rief Gitti.

„Aua!", rief Papa und verzog das Gesicht.

„Was ist passiert?", riefen Gitti und Mutter.

„Ich hab mir einen Dorn eingetreten. In die Ferse. So ein sch...!"

„Und das blutet so stark?" Die Mutter deutete auf das Taschentuch.

„Nein, nein“, winkte der Vater ab. „Das ist vom Berti.“

Gitti wurde bleich. „Du hast doch nicht ...“

Der Vater beruhigte Gitti. Er hatte Bert nichts getan.

„Wieso sagst du Berti? Nicht Bert? Wieso Bert-i?“, wollte die Mutter wissen.

Zur Mutter: „Der Bua hat der Gitti nichts gemacht. Ich hab das eh gewusst, der ist ein guter Bursche, der Berti. Ich hab ihn ja eh immer gemocht. Aber im ersten Moment, weißt eh, wie ich bin.“

Die Mutter nickte. Gitti nickte. Sie wussten eh, wie er war, der Vater, wenn er sich aufregte. Und er regte sich halt schnell auf. Vor allem, wenn es um seine Tochter ging. Vaterliebe halt.

„Aber das Blut? Das ist vom Bert? Wieso?“

Nasenbluten hat er gehabt, der Bert. Weil er sich so aufgeregt hat über das, was vorgefallen war. Und wie er, der Vater, ihn, den Bert, so gefunden hat, wie ein Häufchen blutendes Elend, unter dem Baum in der Badebucht, da hat der Vater erst einmal die Faust wieder entspannt und sich zum Bert gesetzt. Der hat ihm dann alles erzählt. Und der Vater hat ihm sein Taschentuch gegeben, damit er es sich unter die Nase halten konnte. Der Vater hatte immer ein Taschentuch dabei. Eines aus Stoff mit Monogramm. Auch wenn er eine Badehose trug. So eine sehr knappe Badehose wie die Schwimmer. Da stopfte er das Taschentuch seitlich bei der Hüfte in die schmale Seite der Badehose und das sah dann oben und unten hervor. Aber egal. Die Mutter machte sich instinktiv, da konnte sie gar nichts dafür, gleich Sorgen, wie sie das Blut aus dem Taschentuch kriegen würde. Wahrscheinlich gar nicht. Aber auch das egal. Hauptsache, dem Bert-i ging's gut, und der Vater würde ein bissl Jod auf das Loch vom Dorn bekommen, dann ging es auch ihm wieder gut.

„Sie haben a Leich g'funden!", rief ganz aufgeregt das kleine Mädchen auf dem zu großen Fahrrad. Fast hätte es sie aufgepackt, weil sie beim Stehenbleiben nicht mit den Füßen zum Boden reichte, um sich abzustützen. „Einen Freund von dir!", sagte sie zu Gitti. „Hab ich gehört. Ist es vielleicht der Bert?"

Gitti schaute ihren Vater erschrocken fragend an. Der schüttelte gleich den Kopf, nein, dem Berti ging es gut. Zumindest noch vor zehn Minuten.

„Borg mir dein Rad!" Gitti schwang sich auf das Rad des Mädchens und trat in die Pedale, was ihre schlanken Beine hergaben. Sie strampelte zur Badebucht. Bert war nicht zu sehen. Nicht unterm Baum, nicht im Wasser. Gitti machte kehrt und radelte zum Gartenhaus von Berts Eltern.

„Grüß Gott, Frau Rahm, ist der Bert da?" In diesem Moment kam Gitti ein saublöder Gedanke: Hieß Bert eigentlich Bert? Oder Herbert oder Norbert oder Bertram? Würde er dann Bert Rahm heißen? Oder Bertram Rahm? Oder Herr Herbert Rahm?

„Der Herbert ist nicht da. Ist er nicht in der Badebucht?"

Herbert also. Schon komisch, da kennt man jemanden so lang und so gut und weiß nicht, wie er wirklich heißt. Es wussten auch die wenigsten, dass Gitti von Gitta kam. Nicht von Brigitte oder Brigitta. Aber auch egal. Wo war Bert? Wer war die Leiche?

Kapitel 10
Jede Menge Verdächtige

Margit Zehentna war überrascht, wie schnell der uniformierte Kollege mit dem Eis und der Identität des Opfers kam. Der Tote war ein gewisser Güntsch, Günther Zehetner. Kurz stutzte die Kommissarin.

„Ze-he-tner. Mit E und R am Schluss und ohne N vor dem T", präzisierte der Polizist. „Fünfzehn Jahre alt, wäre nächste Woche sechzehn geworden. Wohnt-e in Kaisermühlen, geht noch zur Schule. Ging."

Und ein paar Verdächtige mit Motiv hatte er auch parat, denn die Zeugenbefragung war ein Volltreffer. Rund um die Kantine waren sie alle versammelt. Die Kleingärtnerinnen und Stammgäste. Jeder und jede wusste etwas und war mehr als begierig, das auch zu erzählen. Natürlich nicht, weil man schlecht über jemanden reden möchte. Da sei Gott vor. Aber man hört doch so einiges und die einen sagen dies und die anderen das. Da kann man sich schon was denken dabei und kein Feuer ohne Rauch oder so. Man will ja nichts sagen, aber ...

Als Verdächtige konnte der Polizist anbieten: den Eier-Pauli, weil der Güntsch ihn immer gehänselt hat, dass der so große, äh, na wie soll man sagen, so große hat. Dann wäre noch ein gewisser Bert – Norbert? Bertram? Herbert? das wusste niemand so genau –, der soll sich immer wieder Kämpfe mit dem Güntsch, dem Günther Zehetner geliefert haben. Also Wettkämpfe. Wer schneller schwimmt, rennt, radelt, höher klettert und springt, länger die Luft anhalten kann unter Wasser und so Sachen eben. Vielleicht wurde aus Spaß diesmal Ernst? Nur eine Theorie. Dann war da noch eine Gitti, die war so eine, da wusste man nicht. Dreizehn Jahre und schminkte sich schon. Im Sommer. Und hautenge Pullover trug sie, wo andere im Badeanzug rumlaufen. Und ihre Freundin, die Süwerl. Silvia Pokorny. Vierzehn. Bei der wusste man nicht, ob sie ein Bub oder ein Mädel war. Sehr hübsch, aber burschikos. Spielte mit den Buben Fußball. Ein Mädchen, das was Fußball spielt, allein schon deswegen sehr verdächtig. Nicht zu vergessen, der Vater von der Gitti, die mit den engen Pullovern, der wurde sehr leicht zornig, wenn einer seine Tochter angeschaut hat. Dann hätten wir noch den Wäudl gehabt. Über den gab es nur zu sagen, dass er mindestens fünfmal am Tag zur Kantine kam für ein Eis. Jolly.

Viel konnte Margit Zehentna im Moment mit dieser Flut an Informationen nicht anfangen. Es würde ihr wohl nichts anderes übrigbleiben, als mit allen zu reden.

Der Zufall nahm der Kommissarin ein paar Wege ab. Just in dem Moment kam Gitti mit ihren Eltern an der Kantine vorbei.

Margit Zehentna erkannte sofort, dass der Vater bei jedem Schritt mit dem linken Fuß nur den Fußballen aufsetzte. Und auf den zweiten Blick schloss sie ihn als Verdächtigen aus. Denn sie hatte gezählt ... vier, fünf Zehen. Die Kommissarin bat die Tochter zu einem kurzen Gespräch an einer ruhigen Stelle der Liegewiese unter einem Sonnenschirm. Gitti erzählte bereitwillig, was vorgefallen war. Dass Güntsch sie bedrängt hatte, dass Bert ihr zu Hilfe gekommen war, dass sie nach Hause gelaufen war und dann der Vater Bert suchen wollte und sie mit ihrer Mutter hinterher und dass der Vater Bert gefunden hatte und Bert hatte Nasenbluten ... und dann kam Bert.

„Da ist er ja!", rief Gitti, als sie Bert hinter der Kantine auftauchen sah.

Margit Zehentna drehte sich um und sah einen jungen Mann, einen Burschen, der sein Rad schob. Gitti winkte ihm zu, er winkte zurück, die Kommissarin deutete ihm, zu ihnen rüberzukommen.

„Ich hab einen Reifenpatschen gehabt. Hab das depperte Radl den ganzen Weg von der Badebucht herschieben müssen." Bert hatte getrocknetes Blut unter der Nase, bemerkte die Kommissarin. Bert wischte automatisch mit dem Finger drüber. Leckte den Finger ab und wischte noch einmal nach.

„Nasenbluten. Weiß ich von Gitti. Aber wir sollten uns auch kurz unterhalten", sagte Margit Zehentna.

Während Bert mehr oder weniger dasselbe wie Gitti schilderte, kam Wäudl zur Kantine und kaufte ein Jolly und ein Twinni. Er winkte zu Bert rüber und deutete auf sein Handgelenk, was wohl *es wird Zeit für unser Match* bedeuten sollte. Als Bert zurücknickte, wurde Margit Zehentna auf den Jungen mit dem Eis aufmerksam. Der mit dem Jolly musste dieser Wäudl sein, über den es sonst nichts zu erzählen gab. Doch die Kommissarin fand ihn doch recht interessant. Sie stand auf und ging zu ihm rüber.

„Für wen ist das Twinni?“, fragte sie und zählte die Zehen des Burschen.

„Das ist für die Süwerl. Sie wartet drüben am Fußballplatz“, antwortete Wäudl.

… sieben, acht, neun.

Jetzt war es aber nicht die Art von Margit Zehentna, einen Dreizehnjährigen mit zwei Eis in der Hand vom Fleck weg zu verhaften. Und Wäudl sah nicht so aus, als würde er gleich noch einen Mord begehen oder sonst irgendetwas im Schilde führen. Er wollte nur einer Freundin ein Eis bringen und Fußballspielen. Die Kommissarin fragte ihn, ob er etwas dagegen hätte, wenn sie ihn begleiten und beim Fußball ein bissl zuschauen würde. Sie hatte ja selbst einen Sohn, der in seiner Jugend Fußball gespielt hat. Im Tor. Wie Wäudl.

Kapitel 11
Wie viele Zehen braucht man zum Fußballspielen?

Eier-Pauli und Süwerl kickten den Fußball hin und her. Ganz leise. Auf der Wiese hinter dem Vereinshaus der Badesiedlung war Ballspielen zwischen 12 und 15 Uhr verboten. Wenn Süwerl am Ball war, gaberlte sie ihn mit dem linken Fuß auf, schubste ihn dreimal zwischen linkem und rechtem Fuß hin und her und rollte den Ball dann zurück direkt vor Paulis Füße. Süwerl hätte den Ball auch zwanzigmal oder hundertmal gaberln können. Sie war in der Clique die beste Fußballerin. Nicht nur technisch. Im Nahkampf war sie gefürchtet. Keiner traute sich, ihr zu nahe zu kommen. Nicht, weil sie ein Schwergewicht gewesen wäre. Sie hatte einfach kein Schmerzempfinden. Und keine Hemmungen, anderen Schmerzen zuzufügen. Süwerl das Viech. Den Güntsch nahm sie besonders hart ran. Nicht, weil sie ihm Böses wollte. Im Gegenteil. Es war ihre unbeholfene Art, ihre Zuneigung zu zeigen.

Ganz leise, noch sieben Minuten bis zum Ende der Mittagsruhe. Inzwischen sollte Wäudl mit dem Twinni zurück sein. Noch auf Bert und Güntsch warten, dann wären sie komplett für ein Kickerl. Man spielte zwei gegen zwei auf nur ein Tor, das Wäudl als unparteiischer Goalie gegen beide Teams verteidigte. Um die Verletzungsgefahr bei den Schienbeinen zu reduzieren, wurde barfuß gespielt, was wiederum die Gefahr von Fußverletzungen erhöhte.

Wäudl lief voraus und konnte Süwerl das Twinni überbringen, bevor es geschmolzen war. Die Kommissarin stellte sich an den Rand der Wiese und beobachtete die Kids. Ein Mädchen, das Fußball spielte, das war überraschend. Noch dazu so gut.

Süwerl hielt in der einen Hand den orangen Teil des Twinni, in der anderen den grünen. Gleichzeitig gaberlte sie den Ball auf und balancierte ihn auf ihrem rechten Fuß. Dann gaberlte sie den Ball auf ihren linken Fuß. Die kleine Zehe und die daneben waren mit einem Pflaster fest miteinander verbunden. Typisch nach einem harten Dribbling – barfuß. Zwei Zehen waren nun eine. Das Pflaster war schmutzig, aber die Kommissarin konnte unter den Farben von Dreck und Gras auch das dunkle Rot von Eingetrocknetem erkennen.

„Frau Kommissar, Frau Kommissar!", rief der Polizist und fuchtelte mit einem Plastiksackerl herum. „Den Schraubenzieher haben wir gefunden! Im Gebüsch! Dort hinten! Blutiger Fingerabdruck ist drauf!"

Die Kommissarin schaute zu Süwerl, Süwerl schaute zur Kommissarin. Das halb gegessene orange Twinni in der rechten, das grüne in der linken Hand, stand sie da, der Ball fiel ins Gras, rollte von ihr weg.

Kapitel 12
Süwerl

Margit Zehentna hatte keine Mühe, das Geschehen zu rekonstruieren. Süwerl war verschossen in Güntsch. In den coolen Güntsch. Kein netter Typ so wie Bert. Aber Süwerl taugte der Bad Boy. Nur war der eben *bad*. Er hatte mit Süwerl geschmust und mit allen anderen Mädchen auch. Er war gemein zu seinen Freunden und zu Tieren. Er hänselte Pauli und er hänselte Wäudl wegen seines Babyspecks. Er riss Schmetterlingen die Flügel aus und schoss mit dem Luftdruckgewehr seines Vaters auf Vögel. Er war nicht nett. Und dann grapschte er auch noch Gitti an. Er hätte Süwerl angrapschen sollen. Sie hatte davon geträumt, von ihm berührt zu werden. Aber nein, eine andere musste es sein. Süwerl hätte einschreiten können, als sie wie Bert, aber von der anderen Seite des Wäldchens, die Szene beobachtet hatte. Sie hätte einschreiten können, als Bert Güntsch fast erwürgt hätte. Sie hätte dies als verdiente Strafe gelten lassen können. Aber sie war so gekränkt in ihrem Stolz, gedemütigt und sie hatte einen Schraubenzieher dabei. Der erste Stich auf den Wehrlosen erfolgte in blinder Wut. Sie war über sich selber erschrocken. Dass sie tatsächlich zugestochen hatte. Fast hätte sie Mitleid gezeigt mit Güntsch, aber der brachte unter Schmerzen nur eine unsägliche Gemeinheit hervor: „Du bist so deppert! So deppert."

Nichts hatte er verstanden, der Idiot. Süwerl überlegte, wie sie Hilfe holen könnte. Doch Güntsch wiederholte immer wieder *so deppert*. Nach dem fünften oder sechsten Mal reichte es. Süwerl stach erneut zu. Um ihn zu bestrafen, mundtot zu machen, zu erlösen.

Margit Zehentna kaufte sich ein Jolly und setzte sich ans Ufer der Alten Donau. Aus einem Kofferradio tönte *Tie a yellow ribbon …*, eine Entenfamilie schwamm vorbei und irgendwo lachten Kinder.

Letztes Kapitel
Dreißig oder einunddreißig Jahre später

30 oder 31 Jahre später. Bert am Ufer der Alten Donau. Im Schatten des Baumes, wo sie als Kinder ins Wasser gesprungen sind. Jetzt sind es neue Kinder, die ins Wasser springen, aber sie lachen wie die Kinder von damals. Es ist heiß. Wie eine Tuchent lastet die Hitze auf der Haut. Schwer, aber angenehm. Bilder von früher blitzen auf. Eis, Jolly, Twinni, manchmal auch Cornetto, Pingpong, nasses Gras nach dem Regen, mit einem Kübel schützend über den Kopf gestülpt durch den Hagel laufen, mit bloßen Füßen über den heißen, schmelzenden Asphalt sprinten, Gelsen, Gelsen und Gelsen, die letzte spätabendliche Runde auf dem Fahrrad durch die Badesiedlung, Licht aus, den nächsten Tag herbeisehnen. Nur kurze Bilder. Ein Kaleidoskop des Sommers.

Bert hört das Knirschen des Schotters auf dem Weg hinter ihm. Er dreht sich um. Gitti auf ihrem alten Camping-Klapprad. Freihändig. Gitti hat einen quergestreiften Pullover an. Sie hält an.

„24!", ruft sie ihm zu. „Magst' nachzählen?"

Bert mag und beide lächeln errötend. So wie damals im Sommer. 1971 oder 72.

Allerletztes Kapitel
Wie es dann weiterging

Weil Süwerl noch minderjährig und daher nicht strafmündig war, kam sie in ein Erziehungsheim. Später machte sie eine Ausbildung zur Wald- und Wildtierexpertin mit Schwerpunkt Biberverbiss in den Donauauen bei Wien. In ihrer Freizeit trainierte sie die Mädchen-Fußballmannschaft MFC Gänsehäufel der vierten Regionalliga Nord. Süwerl, inzwischen Silvia, hat nie geheiratet, war und ist trotzdem oder gerade deswegen sehr glücklich.

Wäudl hat nach der Schule in der Kantine des Strandbades zu arbeiten begonnen und diese schließlich als Pächter übernommen. Gratis Jolly bis zur Pension.

Vom Eier-Pauli weiß man nichts. Er soll nach Griechenland ausgewandert sein. Windsurf-Lehrer oder etwas in der Art.

Und Bert und Gitti? Die beiden verliebten sich an diesem Tag, an dem sie sich nach fast 30 Jahre wiedergesehen hatten, wie vom Blitz getroffen ineinander. Sie hatten eine heftige Affäre, einen Sommer lang. Die Affäre dauerte noch über den Herbst hinaus bis ins neue Jahr und noch länger, Jahre länger, dass man schon von einer Beziehung sprechen könnte. Aber wer zählt schon die Zeit, wenn die Herzen glühen?

Wen's interessiert: Kommissarin Margit Zehentna wurde einige Jahre nach dem Fall „4 Zehen für ein Halleluja" Tante einer Nichte, die viele heute als Andrea Vondrakna kennen. Die beste Frau bei der Wiener Mordkommission. Aber das ist eine andere, die nächste Geschichte.

Der Fallensteller am Mühlwasser

von Norbert Peter

1
Am Wasser

Wer sagt denn, dass Arbeiten nicht auch dann Spaß machen kann, wenn alle anderen Ferien machten? In diesem Fall am Mühlwasser, einem ehemaligen Altarm der Donau, das sich längst zum Geheimtipp der Bevölkerung entwickelt hatte. Auf jener Seite der Donau gelegen, die nur zwei von insgesamt 23 Bezirken beherbergte, die wiederum mehrheitlich von Familien genutzt wurden, die erschwingliches Wohnen der Nähe zum Zentrum Wiens vorzogen. Idyllischer Altbaumbestand ergänzte das schilfbewachsene Ufer, immer wieder unterbrochen von Stellen, an denen man flach ins Wasser einsteigen konnte.

Marcel hielt seine Füße ins Wasser. Das war genau die Erfrischung, die er jetzt brauchte. Seit Tagen kletterte die Quecksilbersäule verlässlich spätestens zu Mittag über die 30-Grad-Marke. Ein Sommer, wie er ihn liebte. Speziell, nachdem er einen Weg gefunden hatte, sein Geld auch im

Freien zu verdienen. Die Vorstellung mancher Mitmenschen amüsierte ihn, dass ein Callcenter-Job bedeuten müsste, unbedingt in einem Großraumbüro und dort dicht gedrängt an Arbeitsplätzen zu sitzen, die nur durch Glasscheiben voneinander getrennt waren. Oder vielleicht gar nicht in Österreich, sondern irgendwo sein müsste, vielleicht sogar in Indien.

Marcel betrachtete zufrieden seinen schlanken Oberkörper, braun gebrannt, kein Gramm zu viel am Bauch. Er saß mit seiner Marken-Badehose auf einem Stein, den wahrscheinlich schon viele vor ihm benützt hatten, um sich daraufzusetzen und von dort aus die Füße ins Wasser baumeln zu lassen. Was für eine Lebensqualität! Kein Vergleich zu dem Leben, das er noch vor einem halben Jahr geführt hatte. In einem Hörsaal des Wiener Juridicum sitzend und keine zwei hintereinanderfolgenden Sätze sinnvoll in seine Gedankenwelt einordnen könnend. Dem zunehmend sinnentleerten Studium folgten immer längere Abende in Strandlokalen. Später, im Winter, in Bars und Clubs. Dort hatte er schließlich jene Freunde kennengelernt, mit denen er ein Geschäftsmodell aufgriff, das nach schnellem Geld roch und das offensichtlich einfach umzusetzen war. Mit etwas Koordination und dem Wiener Telefonbuch war da plötzlich eine Herausforderung gefunden, die dem Horizont von Marcel entsprach und wo sogar drei aufeinanderfolgende Sätze unbedingt Sinn machten. Auch für Marcel. Er sah sich um, ob keine weiteren Badegäste in Hörweite waren, dann setzte er sein Gespräch via Headset und Bluetooth fort:

„Wir schicken einen Kollegen. Übergeben Sie ihm Ihre Wertgegenstände. Bei uns sind sie in Sicherheit."

2
Am Telefon

„Amalie Kratochwill heißt sie. Die Adresse habe ich euch per WhatsApp geschickt", führte Marcel aus, „sie war eine harte Nuss. Aber sie hat die Botschaft verstanden: Eine Einbrecher-Bande aus Rumänien ist in ihrer Siedlung unterwegs. Wir übernehmen alle ihre Wertgegenstände, damit sie nicht gestohlen werden können. Und das Beste ist: Sie hat anscheinend alles bei sich zu Hause. Ihr braucht nicht mit ihr auf die Bank zu gehen. Sie erwartet euch in der nächsten halben Stunde."

Während Marcel seine Sachen zusammenklaubte, ließ er noch mal das letzte Telefonat Revue passieren. Er hatte sich wie immer mit „Polizeikommissariat Wien" gemeldet. Und dann mit seiner bestimmten Gesprächsführung ein Bedrohungsszenario geschildert, dem sich seine Gegenüber für gewöhnlich kaum entziehen konnten. Ja, früher oder später witterten seine Gesprächspartner den Braten und legten auf. Kein Problem für Marcel. Weil er ein Opfer pro Tag als Ziel hatte, womit im Normalfall schon ein ordentlicher Gewinn zu machen war. Da waren durchaus Tausende Euro pro geglückter Intervention für ihn drinnen und er musste sich nicht einmal die Finger schmutzig machen. In keine verängstigten Gesichter schauen. Keinen zitternden Händen den Schmuck und die Sparbücher abnehmen. „Auch den Ehering?“ „Schauen Sie, wenn Sie nicht wollen, dass die Verbrecher Ihren Schmuck stehlen, dann sollten Sie ihn bei uns verwahren.“ „Aber er ist ein Erbstück, von meinen Eltern!“ „Sie tragen den Ehering Ihrer Eltern? Das passiert ja nicht oft, oder?“ „Ja, meine Eltern haben mir ihn schon angesteckt, als ich 18 Jahre alt war. Sie hatten gemeint, dass ich so sicherer wäre vor den nichtsnutzigen Verehrern.“ „Sehr umsichtig von Ihren Eltern. Dann sollten Sie ihn uns auf jeden Fall aushändigen, damit er in Sicherheit ist. Wir sind die Kriminalpolizei von Wien. Da sind Ihre Wertsachen hundertprozentig sicher.“ So und ähnlich liefen die Gespräche ab, die Nico und Angela mit ihren Opfern führten, während sie ihnen alles abnahmen. Sie waren naturgemäß der Stoff, mit dem sie ihre feuchtfröhlichen Feiern zu dritt im Appartement von Nico und Angela humoristisch auffetteten. Die Tränen traten ihnen vor Lachen in die Augen, wenn Angela, die sich als „Kommissarin“ stets bewährte, die alten Damen imitierte, die zitternd ihre kruden Geschichten rund um ihre Habseligkeiten kundtaten. Bei Angela stießen sie stets auf Interesse und Empathie. Angela verstand sich da auch ein wenig als Mediatorin rund ums Abschiednehmen von den Dingen, die den alten Menschen gleich nicht mehr gehörten. Angela wusste auch immer am besten von den Dreien, deren Gewissen zu beruhigen. Die Alten, die so dämlich waren, ihnen in die Falle zu gehen, hatten offensichtlich keine Verwandten mehr, die sich um sie kümmerten. Und sie drei würden ihnen wenigstens eine gewisse Zuwendung geben. Noch einmal Spannung in ihr langweiliges Dasein bringen. Und ja, das kostete natürlich. Außerdem würden sie ja nur einem natürlichen Prozess etwas vorgreifen. Letztlich nützte den Alten ihr Schatz ohnehin nicht mehr viel, schließlich hätten sie ja nicht mehr lang zu leben. Und bei ihnen bekamen ihre Wertsachen den Wert, den sie sich verdient hatten: Sie hatten Wert. Für Nico, Angela und Marcel. Was ja auch wieder ein möglicherweise aufkommendes schlechtes Gewissen ganz gut entschärfte.

3
Im Strandlokal

Nachdem sich seine Komplizen auf den Weg zum nächsten Opfer gemacht hatten, beschloss Marcel, dass es Zeit für ein Mittagessen im nahegelegenen Strandlokal sei. Über eine Brücke erreichte er dieses nur wenige Hundert Meter entfernte Restaurant. Es hatte auch einen Zugang zum Gewässer und freute sich bei den Menschen aus der Umgebung über große Beliebtheit. Das Lokal war schon gut gefüllt, aber Marcel entdeckte einen kleinen Tisch auf der Terrasse, der ganz nach seinem Geschmack war. Am äußersten Rand gelegen, wo er seine Ruhe haben würde. Und am Tisch nebenan saßen zwei hübsche Frauen, deren Badebekleidung ausreichend viel nackte Haut freigab, um Marcel mit diesem Anblick die Wartezeit auf sein Essen zu versüßen. Am Weg zu dem von ihm erspähten freien Platz ließ er seine Blicke über die gedeckten Tische schweifen, um sich Anregungen zu holen. Neben Schnitzeln, Pommes und Salaten entdeckte er auch einen Mann um die 50, der sich über Spareribs hermachte. Begleitet von Braterdäpfel und Soßen – mindestens mit Ketchup und BBQ-Soße. Er bemerkte schon bei dem Gedanken an seine Bestellung, der immer konkreter wurde, wie Speichelfluss in seinem Mund aktiviert wurde.

Die Frauen im Bikini am Tisch neben ihm waren süß unterwegs. Die Blonde hatte einen Eiskaffee vor sich stehen, die Dunkelhaarige, in ihrer knappen Badebekleidung, die eine bunte Blumenpracht zeigte, machte sich gerade über ein Bananensplit her: In einer länglichen Schale türmten sich derart Schlagobers und Vanilleeis, überzogen von Schokosoße, dass die Melange aus all dem über den Rand der Schale rann. Zwei der Länge nach geteilte Bananenhälften unterstrichen die Form des Porzellans. Mit einem langen Löffel fischte die Schönheit genussvoll nach dem cremig-eisigen Inhalt, bemüht, von allem etwas zu sammeln, um es dann in ihrem Mund verschwinden zu lassen. Offensichtlich ein Genussmensch, dachte sich Marcel und ließ seiner Fantasie freien Lauf, welche Genüsse er mit der Eisprinzessin erleben könnte.

Es war wirklich ein strahlend schöner Tag, ein geradezu kitschig gelungener Sommertag, ein blauer, ungetrübter Himmel versprach, dass dieser Tag auch so bleiben sollte.

Neben der Terrasse breitete sich eine Liegewiese aus, die bis zum Ufer reichte.

Marcel beobachtete die Badegäste und fand sich bestätigt: Neben einigen herumlaufenden Kindern waren nicht alle rein privat hier. Arbeiten konnte in diesen Tagen auch schon der erste Schritt in den Urlaub sein, wenn man sah, dass manche auf der Luftmatratze liegend statt einer entspannenden Sommer-Lektüre einen Laptop vor sich stehen hatten. „Homeoffice" hieß das Zauberwort. Und bei diesen Temperaturen durfte man das Wort „Home" ruhig ein bisschen kulant auslegen. „Dort, wo mein Handtuch liegt, ist mein Zuhause."

Als der Kellner dann auch noch den Teller mit den Spareribs vor ihm hinstellte, war das Glück perfekt. Marcel schnitt sich gleich ein Ripperl ab, griff mit seinen Fingern zu und nagte das Schweinefleisch mit seinen Zähnen ab. Sein Blick fiel auf die Braterdäpfel und sogleich suchte er nach dem Salzstreuer. Auf seinem Tisch war keiner zu finden. Dafür erblickte er einen bei den Damen nebenan. Das wäre ja gleich eine Gelegenheit, Kontakt zu knüpfen, befand Marcel und wandte sich den beiden zu. Er winkte kurz hin, schoss ein „Hallo" nach und deutete auf ihren Tisch. Dann machte er noch die „Salz-Streu-Geste" und fragte, ob sie ihm wohl das Salz reichen könnten. Die Schwarzhaarige wollte es ihm schon geben, als sie innehielt: Das Gefäß war leer. Sie deutete eine Geste des Bedauerns an.

In dem Moment meldete sich das Telefon im Ohr von Marcel. Das konnten nur Nico und Angela sein. Er rechnete damit, dass es sich um eine Erfolgsmeldung handeln würde, und nahm das Gespräch an. Rasch verflogen die Unbekümmertheit und die gute Laune.

„Was verstehst du eigentlich so unter dem Wort ‚Schatz'?", hörte er Nico sagen.

4
Die Vögel

„Die Alte hat uns erwartet und dann einen Vogelkäfig in die Hand gedrückt! Der Hansi – das sei ihr größter Schatz! Wir sollen ihr Vogerl vor den Verbrechern beschützen!", empörte sich Nico am Telefon. „Das kann ja nicht alles sein, oder?", fragte Marcel nach.

„Du hast vollkommen recht", fuhr Nico fort. „Genau das haben wir auch zu ihr gesagt. Da hat sie uns dann noch ein kleines Buch gebracht. Nein, kein Sparbuch. Ein Büchlein, in das sie ihre Lieblingsrezepte handgeschrieben eingetragen hat! Als wir fragten, ob das ihr Ernst sei, hat sie begonnen, daraus vorzulesen! Schmalzbrot mit Salz und Schnittlauch! Butterbrot mit Marillenmarmelade! Und als wir sie fragend angeschaut haben, hat sie gesagt, man könne statt des Brots auch Semmeln nehmen. Aber die würden halt mehr kosten. Die tickt ja nicht ganz richtig, sag' ich dir! Angela ist jetzt bei ihr und knöpft sie sich ernsthaft vor!"

„Bist du verrückt?", entfuhr es Marcel. „Du kannst doch nicht Angela mit der Alten alleine lassen! Du weißt doch, was vorigen Monat passiert ist! Da hat sie sich auch ‚um eine alte Frau' gekümmert. Und die war dann tot!", fauchte er Nico durch die digitale Leitung an. „Wegen der blöden Zahnprothese!“, musste er sich im Gegenzug von Nico anhören. „Die Zahnprothese war nicht blöd! Ihr ward blöd!“ Marcel wurde immer lauter. „Und lasst euch nicht wieder einen Vogel anhängen!“ Dann beendete er das Gespräch.

Ein Alptraum war das gewesen, als Nico und Angela vor etwa einem Monat in einem kleinen Gartenhaus in einer Siedlung gleich neben dem Nationalpark Donauauen eine alte Dame aufgesucht hatten. Nachdem diese anscheinend einen Rückzieher machen wollte und ihre Wertsachen doch nicht rausrücken wollte, war ihr Angela etwas nähergekommen. Hatte sie robust angefasst und geschüttelt, um ihr klarzumachen, dass das kein Scherz ist und wirklich gefährliche Menschen unterwegs sind. Dabei dürfte sich bei dem Opfer eine Teilprothese, die schon lose gesessen sein musste, aus ihrem Gebiss gelöst haben und in ihre Luftröhre gerutscht sein. Angela hatte die Gefahr nicht sofort erkannt. Erst nachdem die alte Dame blau angelaufen war, hatte sie sie losgelassen. Nico war dazwischengegangen, hatte die fallende Frau aufgefangen und behutsam auf den Boden gelegt. Dabei zerbrach ihre Brille und rutschte unter ihren Oberkörper. Die röchelnde Frau hatte mit letzter Kraft auf ihren Hals gedeutet, woraufhin Nico ihr in den Mund geschaut hatte. Er hatte einen Teil der Prothese entdeckt. Beim Versuch, sie herauszuholen, hatte er sie aber ungeschickterweise noch weiter in den Rachen der alten Frau geschoben. Parallel dazu hatte sich Angela bemüßigt gefühlt, ihr schlechtes Gewissen zu beruhigen und auch einen Beitrag zur Rettung der Dame zu leisten: Sie hatte sich an ihren letzten Erste-Hilfe-Kurs erinnert und mit einer übermotivierten und kräftigen Herzdruckmassage begonnen. Die in diesem Fall kontraproduktiv war, da der Brustkorb der Dame recht schnell nachgab und die Rippen serienweise brachen. Nach rund zehn Minuten hatten die beiden ganze Arbeit geleistet und die alte Dame war tot gewesen. Fluchtartig hatten sie den Tatort verlassen. Angela, die Tierfreundin, war obendrein nicht davon abzubringen gewesen, auch noch den Papagei der Verstorbenen mitzunehmen. „Der kann ja nichts dafür, oder?“, hatte sie gesagt. Und außerdem kriege man für so einen Vogel auch noch ein paar Hundert Euro. Der Käfig mit dem bunten Tier stand heute noch in der Wohngemeinschaft der beiden. Man musste die beiden bremsen, bevor sie den gleichen Fehler bei der Frau Kratochwill begehen konnten. Morde waren im Geschäftsfeld nicht vorgesehen. Und Vogelhandel auch nicht.

In diesem Moment spürte Marcel eine kurze Berührung auf der Schulter. Erschrocken fuhr er herum. Vor seiner Nase schwebte ein Salzstreuer. Nach und nach entdeckte er die Hand, die ihn hielt und die der Dunkelhaarigen vom Nebentisch gehörte. Sie kicherte: „Das Salz. Ich habe es von drinnen geholt.“ Sie deutete zur Tür, die ins Innere des Restaurants führte.

Marcel nickte, bedankte sich und begann Salz auf seine Erdäpfel zu streuen. Viel zu viel. „Frisch Verliebte versalzen ihre Speisen", fiel ihm ein. Obwohl er die Ursache eher bei dem Chaos durch seine Gefährten sah, täte ihm so eine kleine Verliebtheit auch nicht schaden, dachte er bei sich. Dann schaute er wieder zum Nachbartisch. Dort saß die Salz-Spenderin, mittlerweile alleine, zwinkerte ihm zu, bevor sie sich ihrem Handy zuwandte. Marcel wandte sich dem Schwein auf seinem Teller zu.

5
Im Kommissariat

Zwei Tage noch bis zum wohlverdienten Urlaub, dachte sich Kommissar Werner Burger. Und dann lägen zwei Wochen Bulgarien vor ihm: Seine Frau hatte einen All-inclusive-Urlaub am Schwarzen Meer bei Varna gebucht. Damit dort nicht die pure Langeweile ausbricht, haben sie auch noch ihre beiden Enkelkinder mit im Gepäck. Unterm Strich stand ihnen also Abwechslung ins Haus, die nicht unbedingt mit Erholung gleichzusetzen war. Und letztlich war er froh, dass er offensichtlich auch im höheren Alter (im Mai dieses Jahres war Werner Burger 63 Jahre alt geworden) noch in den erweiterten Familienverband eingebunden war, was ja auch keine Selbstverständlichkeit war …

Zum Beispiel, wenn man den Fall jener Frau betrachtete, die mit 80 Jahren alleine lebend unter mysteriösen Umständen zu Tode gekommen war. Ihr Leichnam war erst Tage nach ihrem Ableben von der Putzfrau entdeckt worden. Sie war offensichtlich zu Tode gefoltert worden. Die Täter waren mit äußerster Brutalität vorgegangen. Zuerst hatten sie ihr Schnittwunden zugefügt, indem sie die Brille der Dame zerbrachen und ihr mit dem Brillenglas ihren Rücken schlitzten. Anschließend hatten sie der 80-Jährigen fast alle Knochen im Oberkörper gebrochen, einen nach dem anderen. Und nachdem sie da auch noch nicht preisgeben wollte, was die Gangster hören wollten, hatten sie sie letztlich gezwungen, ihre Zahnprothese zu schlucken. Die Ermittler sprachen von einem stundenlangen Martyrium, das die Dame durchlebt haben musste. Ging es um einen Übergriff im Agentenmilieu? Hatte die Alte irgendwo Schätze versteckt? Wirklich fehlen würde laut der Putzfrau nur der Käfig mit Cora, einem Papagei. Verwandte, die man befragen konnte, gab es nicht. Ein Fall, der das Team emotionell sehr hernahm und bei dem man kaum Anhaltspunkte gefunden hatte. Bis auf einen längeren Anruf von einer unbekannten Telefonnummer.

Da freute sich Burger plötzlich gleich noch mehr darüber, dass seine Kinder ihm deren Kinder mit ans Meer gaben. Er durfte sich mit seiner Frau dem blühenden Leben widmen statt den menschlichen Abgründen.

Um die Morde sollte sich der Rest der Belegschaft kümmern. Alle waren ausgeflogen: Czerny, Hofmann und Schachmeister waren auf Urlaub oder auf Streife. Er hatte sie zumindest seit Tagen nicht zu Gesicht bekommen. Nun, ab dem Wochenende würden sie ihn eine Zeit lang nicht mehr zu Gesicht bekommen. Da meldete sich sein Smartphone: Eine Nachricht erreichte ihn. Von Schachmeister.

6
Wieder am Wasser

Marcel hatte beschlossen, seine Arbeit wieder aufzunehmen. Aber wieder in seinem Büro. Sprich: Auf der anderen Seite des Gewässers am Liegeplätzchen, das sich schon seit Tagen für ihn bewährte. Er rollte ein Handtuch aus und machte es sich bequem.

Er öffnete in seinem Handy eine Liste und scrollte zu Kratochwill, nur um dann in die nächste Zeile zu wechseln. Diese Liste hatte er in der Früh noch zu Hause an seinem Kaffee nippend verfasst. Aus einem Telefonbuch hatte er Namen ausgesucht, die nach älteren Menschen klangen: Walter, Herfried, Herbert, Hannelore, Ingeborg, Amalie ... das waren die Kandidaten und Kandidatinnen, von denen er sich ein gewisses Alter und eine entsprechende Hilflosigkeit und Naivität versprach. Benjamin, Yasmin, Jessica oder Mohammed ließ er links liegen. Und eine geografische Nähe war ihm auch noch wichtig. Er wollte sein Team ja nicht quer durch Österreich jagen.

Mit einem Doppelklick aktivierte er die Nummer von einem „Norbert Klaushofer". Das klang vielversprechend. Nach vier Klingeltönen hörte er eine Stimme: „Ja, bitte sehr?" Jackpot! Das war ein alter Mann!

„Grüß Gott! Hier Maier von der Kriminalpolizei Wien. Spreche ich mit Herrn Klaushofer?"

„Ja, um Himmels willen, was ist denn los?"

Und dann schilderte Marcel mit ernster Miene die Bedrohung, die von einer rumänischen Einbrecherbande ausging.

„Aus Rumänien kommen die? Extra wegen mir?"

„Sozusagen, Herr Klaushofer. Die schauen, was es bei unseren Pensionisten zu holen gibt. Und die kennen da keine Gnade. Je schwächer das Opfer, umso erbarmungsloser gehen sie vor."

„Und von wo in Rumänien kommen die?"

Marcel stutzte. Das könnte ein längeres Telefonat werden. Aber das störte ihn nicht. Für Marcel war das ein Spiel, bei dem er früher oder später der Sieger war. Er führte seine Füße langsam ins kühlende Nass des Mühlwassers.

„Die kommen aus dem Großraum Bukarest. Sie tarnen sich als Handwerker und rücken mit weißen Lieferwägen an."

„Allerhand. Unsere Pflegehilfe kommt ja auch aus Bukarest. Aber die ist eigentlich ganz nett."

„Herr Klaushofer: Das ist auch ganz was anderes. Bei Weitem nicht alle Rumänen sind gemein oder gefährlich. Aber diese Bande, die hier ihr Unwesen treibt, ist gemeingefährlich. Aber weil Sie gerade von Ihrer Pflegehilfe reden: Wann ist die denn immer da? Und wer wohnt noch bei Ihnen?"

Marcel befand sich mitten in der Recherche, als er eine äußerst nette Entdeckung machte: Die Schwarzhaarige mit den kurzen Haaren und der tollen Figur, die ihm im Lokal gerade noch das Salz gereicht hatte, machte sich eben in seiner Nähe breit. Sie hatte eine Decke aus einer Badetasche geholt und legte sie auf. Vielleicht fünf Meter entfernt von ihm nahm sie auf der Decke Platz. Als sie ihn sah, lächelte sie ihm zu. Marcel machte eine grüßende Handbewegung, die sie erwiderte.

Er musste sich konzentrieren, um wieder ins Gespräch zu finden.

„Nein, Herr Klaushofer, es ist besser, wenn Ihre Pflegehilfe nicht anwesend ist, wenn unsere Beamten kommen. Sie muss ja nicht unbedingt erfahren, welche Schätze Sie zu Hause aufbewahren. Wir wollen sie ja nicht in Versuchung führen."

Das Gespräch zog sich in die Länge, was Marcel aber auf der Habenseite verbuchte: Ein Vertrauensverhältnis wurde aufgebaut.

„Sehr gut, Herr Klaushofer, dann machen wir es so: Wir schicken Ihnen unsere Beamten und Sie halten Ihre Wertgegenstände bereit. Was halten Sie von 16 Uhr?"

„Das wird leider nichts."

Marcel war verwirrt. Erstens hatte er nicht mit so klarem Widerstand kurz vor dem Abschluss gerechnet. Und zweitens klang die Stimme verändert: nicht alt. Und ganz nah. Er blickte sich um: Drei Männer hatten ihn von hinten umzingelt und starrten ihn an.

Der, der ihm am nächsten stand, ergriff das Wort: „Wir sind von der Kriminalpolizei Wien, Mordkommission. Es besteht ein dringender Mordverdacht gegen Sie. Würden Sie sich bitte ausweisen?"

Marcel fiel aus allen Wolken. Wie in Trance beendete er das Telefonat und holte seine Geldbörse hervor. „Reicht eine Jahreskarte für den Tiergarten Schönbrunn? Ich habe beim Baden sonst nicht viel bei mir." „Zeigen Sie mal." Während der Fremde die Karte entgegennahm, fiel Marcels Blick auf die Schönheit aus dem Lokal, die dem Treiben unverhohlen folgte. Ihre Blicke trafen sich. Sie zwinkerte ihm zu. Ein Zwinkern, das Marcel nicht einordnen konnte.

7
Schachmeister

Ein Tag, an dem Außendienst doppelt Freude machte: Das Wetter lockte einen ins Freie und obendrein war man in der Gestaltung seines Tagesablaufs doch deutlich freier, wenn einem kein Vorgesetzter über die Schulter schaut. Und „Streifendienst" musste ja auch von jemandem erledigt werden. Schließlich schläft das Verbrechen nie. Gerade in Bädern kam es immer wieder zu Diebstählen, Raufereien und anderen gefährlichen Situationen, dachte sich Nina Schachmeister, packte ihren Blumen-Bikini ein und verabredete sich mit ihrer ehemaligen Schulfreundin Julia im Schwimmbad am Mühlwasser.

Sie hatten sich lange nicht gesehen, umso herzlicher fiel das Wiedersehen aus. Julia und Nina hatten sich nach einer kurzen Schwimmphase einen Tisch im Restaurant gesucht und jede hatte sich ein Eis kommen lassen. Sie plauderten über alte Zeiten und neue Bekanntschaften. Julia, die in einer Bank angestellt war und Werbetexte für Fonds zu verantworten hatte, genoss diese Art des „Homeoffice" ebenso wie ihre langjährige Freundin ihren „Streifendienst". Und der Tag hätte wirklich sehr entspannt ausklingen können, hätte nicht der Typ vom Nebentisch nach dem Salzstreuer verlangt ...

Die Schabracke von der Einser-Loge

von Franziska Waltz

Eierspeis ohne Salz

Hietzing war wie ausgestorben. Die drückende Sommerhitze trieb die Menschen an ihre Swimmingpools, Seen oder in die Sommerfrische. Nur wenige Gäste saßen im Café Dommayer. Im Gastgarten hinter dem Haus philosophierte im Schatten alter Kastanienbäume ein junges Pärchen über aktuell Politisches und lachte dabei. Im Vorgarten wartete ein Herr mit weißem Borsalino auf seinen Eiskaffee, während er in einer großformatigen Tageszeitung blätterte. Drinnen, in der Loge Nummer eins, saß Frau Schubert wie immer mit dem Rücken zu Tür. Scheuchte sie nicht gerade die neue, junge Bedienung, die tadellos ihren Job zu machen wusste, scheuchte sie den Rest des Serviceteams. Niemand verließ je ihren Tisch, ohne die Augen zu verdrehen oder ihr zumindest den Tod zu wünschen.

An diesem Sommertag gab es nur wenig Personal zu quälen und Frau Schubert trommelte mit ihren Fingern im Takt ihres kleinen Handventilators auf die Tischplatte, um ihrer Verachtung Ausdruck zu verleihen. Seit 1984 kam sie jeden Tag ins Dommayer. Seit 1984 verlangte sie jeden Tag nach einer Melange, einer Buttersemmel und einer Eierspeis. Und seit 1984 war sie jeden Tag gezwungen, sich darüber zu beschweren, dass sie die Eierspeis eigenhändig nachsalzen müsste.

Der Oberkellner, Herr Ludwig, mit der von Frau Schubert reklamierten Eierspeis in der Hand, verschwand gerade in der Küche, als jemand unbemerkt das Kaffeehaus betrat.

„So, Frau Schubert, da samma wieder. Hier, Ihre frische Eierspeis“, log Herr Ludwig, der denselben Scheiß von vorhin ein paar Minuten später wiederbrachte und mit Schwung dem blasierten Gast servieren wollte. Als er das Hassobjekt des Bezirks in ungewöhnlicher Position vorfand, zuckte er instinktiv zurück.

„Jeassa! Gnädige Frau, ist Ihnen nicht gut?“, fragte er und wusste nicht recht, was da los war.

Die 75-Jährige lag kopfüber auf der braun melierten Marmorplatte, ihr auftoupiertes, schwarz gefärbtes Haar fest in die Melange getunkt.

„Frau Schubert?“, räusperte er sich. Doch Antwort kam keine. Achselzuckend und mit ausdruckslosem Gesicht trug Herr Ludwig das Gericht zurück in die Küche, während unter dem Tisch der zu Boden gefallene Handventilator rhythmisch summte.

Der Oberkellner stellte das Tablett scheppernd auf den Küchentresen, da kam auch schon sein junger Kollege aufgeregt daher.

„Oida, ich pack's nicht! Die depperte Schabracke von der Einser-Loge ist hin!", rief Linus, in seinen Augen das blanke Entsetzen, zum ersten Mal in seinem 18-jährigen Leben eine echte Leiche gesehen zu haben.

„Was? Die alte Fuchtl ist hin?", kam zögerlich die Verkäuferin Aglaya hinter dem Torten-Tresen hervor und wachelte sich mit einer zerknitterten Dessertkarte kühle Luft zu. „Du meinst tot?"

Linus nickte.

„Wie tot? Ich meine, warum ist die tot? Hitzeschlag?", wollte Aglaya wissen und ließ langsam die Dessertkarte sinken.

„Keine Ahnung", kreischte Linus. Es klang überdreht. „Ich bin gerade vom hinteren Garten hinein und bei ihr vorbei, da lag sie mit ihrer Fresse vorne über in ihrer Plörre." Erschrocken über seine inadäquate Formulierung blickte er zu seinem Oberkellner und korrigierte in der Sekunde. „Pardon, wir sind ein feines Haus ... mit ihrer gnädigen Visaaage in ihrer Melaaange, meinte ich."

Aglaya sah Herrn Ludwig fragend an.

Der nickte.

„Sollten wir nicht die Rettung holen?", sagte sie. „Vielleicht ist die ja nur ohnmächtig." Sie spähte zur regungslosen Frau Schubert hinüber.

„Was weiß ich, keine Ahnung! Schau halt hin, ob die noch atmet", entgegnete Linus feig und schielte ebenfalls zum Tisch des Todes.

„Ich? Wieso ich? Geh du", sagte Aglaya. „Du warst doch vorhin dort."

„Ich? Zu der? Na sicher nicht. Geh du, du bist doch eine Frau und die auch", wehrte er ab.

„Was hat das mit Frau-Sein zu tun, spinnst?", antwortete Aglaya und zeigte ihm den Vogel.

„Na ich geb der keine Mund-zu-Mund-Beatmung", sagte er angewidert und in seinem Kopf überschlugen sich schräge Fantasien, wie er eine überschminkte, in die Jahre gekommene Despotin abschmusen musste.

Es ging ein paarmal zwischen Aglaya und Linus hin und her, wer nun der Depp sein sollte, der die Arschkarte zog. Ohne Ergebnis.

„Naaa, die ist wirklich hin", hörten sie plötzlich die Stimme von Frau Agnes, der strammen Küchenchefin, die sich in der Zwischenzeit vergewissert hatte.

Aglaya und Linus sahen einander bestürzt an. Dass ihr Stammgast, sozusagen in ihrer aller Anwesenheit, das Zeitliche gesegnet hatte und jetzt tot über dem Tisch lungerte, überforderte ihr Vorstellungsvermögen.

„Das ist ja ur surreal", flüsterte Linus jetzt kaum hörbar und Aglaya nickte.

Herr Ludwig drückte sich einen Kleinen Schwarzen hinunter.

In den Duft frisch gebrühten Kaffees bohrte sich eine stille Pause der Regungslosigkeit.

„Dann ruf ich jetzt den Revierinspektor an“, unterbrach Herr Ludwig die Situation und trank mit zwei eleganten Zügen seinen Kaffee aus.

Nach den vielen Jahrzehnten in der gehobenen Gastronomie war der Oberkellner ein selbstloser, gefasster Mensch geworden, den nichts mehr erschüttern konnte.

„Und was machen wir bis dahin?“, fragte Linus unsicher. Schweiß stand ihm auf der faltenfreien Stirn.

„Einen Fetzen drüber und passt schon“, sagte Frau Agnes, die Küchenchefin, pragmatisch und holte aus dem Putzkammerl neben den Toiletten einen größeren Wischlumpen.

Sie war kein so schöner Anblick, die Frau Schubert, mit dem fleckigen, groben Ausreibfetzen über ihrem Kopf. Irgendwie hatte sie sich ihr Ableben immer ganz anders ausgemalt.

Der Handventilator aus China

„Die ist tot“, sagte Revierinspektor Harald Seifert, nachdem er das improvisierte Leichentuch auf Frau Schuberts Kopf kurz hochgehoben und darunter gelugt hatte. „Ist das nicht die Schubert vom Trazerberg?“, fragte er und Herr Ludwig, Linus und Aglaya nickten synchron. „Und wer hat ihr das dreckige Ding da auf die Frisur drapiert?“

„Ich nicht“, verteidigte sich Aglaya sofort.

Revierinspektor Harald Seifert sah daraufhin Linus an.

„Ich? Ich auch nicht!" Er deutete zur Küche.

Revierinspektor Harald Seifert seufzte.

„Agnes!", rief er in Richtung Küche und Frau Agnes steckte den Kopf durch die Essensausgabe. „Den Fetzen da drauf geben auf die Leich, war nicht so super. Wegen der Spuren!"

„Aso", antwortete sie. „Entschuldigung. An so was hab ich nicht gedacht. Ich hab mir nur gedacht, wenn da ein Gast hereinkommt, ist das nicht gut für unser Haus, wenn da eine Tote quasi in der Auslage herumsitzt." Sie machte kurz eine Pause und fuhr dann fort. „Dann ist es wahrscheinlich auch nicht so gut, dass der Fetzen vorher am Häusl war, bevor er im Putzkammerl war?"

„Nein, das ist nicht so super", murmelte der Revierinspektor und fischte mit spitzen Fingern das Textil vom Kopf der Frau Schubert, woraufhin es zu Boden fiel. Erschöpft ließ er sich auf die mit rotem Samt tapezierte Sitzbank gegenüber der Toten nieder.

„So. Jetzt sind meine Spuren auch drauf auf dem depperten Fetzen", sagte er. „Was für ein heißer Scheißtag. Alle anderen sind irgendwo beim Wasser und ich?"

„Magst einen Kaffee?", fragte Herr Ludwig und der Revierinspektor nickte erleichtert.

Oberkellner Herr Ludwig brachte einen Kleinen Braunen und gemeinsam betrachteten sie Frau Schuberts sterbliche Überreste.

„Und woran ist die jetzt gestorben?", fragte Herr Ludwig.

„Keine Ahnung", antwortete Revierinspektor Harald Seifert. „Vielleicht an Altersschwäche."

„Die?", entgegnete Herr Ludwig abschätzig. „Das glaubst ja selber nicht. So ein angenehmer Tod ist für so einen furchtbaren Menschen nicht vorgesehen."

„Dann hat sie vielleicht jemand umgebracht."

Herr Ludwig runzelte die Stirn.

„Aber wir waren ja alle die ganze Zeit da ..."

Schweigen.

„Was brummt da eigentlich die ganze Zeit so komisch?", fragte Seifert und steckte seinen Kopf unter den Tisch, um dem Geräusch nachzugehen. „Was ist das?" Mit dem Fuß schob er den Handventilator in seine Richtung und hob ihn auf.

„Handventilator", sagte der Oberkellner.

„Ja eh ...", murmelte Harald Seifert und inspizierte das quietschbunte, asiatische Plastikding. Als er den On-/Off-Knopf betätigte, blieb der Ventilator stehen und auf den drei Lamellen verteilt las er: *Schönen Sommer – wünscht Ihnen – Haisl Bau*. Die Werbeaufschrift einer Baufirma.

Es war Herrn Ludwig nicht unrecht, das Kaffeehaus bereits um 11.20 Uhr schließen zu müssen, damit das Team der Kriminalpolizei seine Arbeit aufnehmen konnte. Das Thermometer im hinteren Schanigarten zeigte bereits 32 Grad. Das im vorderen 33,9.

Linus kassierte beim Philosophen-Pärchen ab, das von dem, was im Inneren des Biedermeierhauses abging, nichts mitbekommen hatte, und versperrte den Seiteneingang. Den Herren mit dem weißen Hut und dem Eiskaffee konnte er nicht finden. Er war verschwunden und hatte einen 20-Euro-Schein und das volle Glas mit geschmolzenem Inhalt hinterlassen. Die großformatige Tageszeitung hatte er mitgenommen.

Die Eier vom Herrn Kurt

„Und?“ Agnes, die Küchenchefin, drückte sich hinter den Patisserie-Tresen zu ihrer Kollegin Aglaya, die seit Minuten von dieser Position aus die Amtsärztin beobachtete. „Was meinst. War es Gift?“

„Gift? Ich weiß nicht“, antwortete Aglaya, „vielleicht ist die einfach so gestorben“.

„Einfach so? Ich glaub, es war Mord“, war sich Agnes sicher. „Die hat doch jeder gehasst. Und wenn da kein Blut ist, dann war es Gift.“

„Stimmt. Kein Blut.“ Aglaya dachte nach. „Aber Gift wäre ja ganz blöd“, sagte sie nach einer langen Pause, in der zwischenzeitlich zwei livrierte Leichenbestatter mitsamt einem silberfarbigen Metallsarg das Kaffeehaus betraten und mit der Amtsärztin Kontakt aufnahmen.

„Warum?“, fragte Agnes. „Warum ist Gift ganz blöd?“

„Na wenn die Schreckschraube vergiftet worden ist, dann schaut das für dich als Küchenmensch ganz schlecht aus.“

Dabei warf sie der Küchenchefin einen bedeutungsvollen Blick zu. „Und alleine bist auch heute im Dienst. Da kommst ja nur du infrage."

„Was? Spinnst?! Meine Eierspeis ist doch nicht vergiftet! Das sind Bio-Eier aus dem Dunkelsteinerwald. Die bringt jeden Freitag der Herr Kurt frisch von seinen Hendln."

„Ja eh, aber was ist, wenn der Herr Kurt so ein Lebensmittelerpresser ist? So einer, der mit einer Spritze Gift in seine Eier drückt und vorher Drohbriefe schickt?" Sie verstellte im Folgenden ihre Stimme: *„Sehr geehrte Damen und Herren vom Café Dommayer, ich habe meine Eier vergiftet. Zahlen Sie mir eine Million Euro auf das Raiffeisenkonto im Finsterwald und es wird nichts passieren."*

„Finsterwald? Wieso Finsterwald. Der kommt aus dem Dunkelsteinerwald", sagte Frau Agnes.

„Ist ja wurscht, aus welchem Wald der Mörder kommt", sagte Aglaya und fuhr fort. „So. Und die Chef-Leute haben nicht gezahlt und jetzt ist die alte Schubert hin." Während sie es aussprach, erschauderte sie. Frau Agnes starrte ungläubig in Aglayas inkongruentes Gesicht und sah Grauen und Begeisterung zugleich.

„Ja!", stieß Aglaya euphorisch aus. „Was ist, wenn das so war?! Dann hab ich den Fall gelöst!"

Frau Agnes bekam es mit der Angst zu tun und schüttelte den Kopf.

„Du bist ja komplett daneben", sagte sie. „Meine Eier und die vom Herrn Kurt haben mit der Sache sicher nichts zu tun."

An verschiedenen Tischen verteilt saßen nur etwas später all jene Angestellten des Kaffeehauses, die zur Tatzeit anwesend gewesen waren. Sie wurden darum gebeten, zu Protokoll zu geben, was sie erlebt oder eventuell beobachtet hatten und was sie über die tote Frau Schubert wussten.

Linus saß in der Loge neben der Tortentheke und schnatterte sich mit aufgeregter Stimme von der Seele, was es für ihn zu sagen gab und was er zu wissen glaubte. Er wiederholte, wie er die Tote vorfand, und sagte über sie, sie sei eine raffgierige Zinshausbesitzerin gewesen, die über den gedeckelten Richtwertzins an junge Menschen teuer vermietet, dafür aber nichts repariert hatte. Trinkgeld gab sie auch praktisch keines, dafür tyrannisierte sie reichlich seine Kolleginnen und Kollegen, bis jemand weinte. Vor allem die Jungen behandelte sie ganz schlecht. „Das war eine ganz Gemeine, voll asozial", sagte Linus.

Zwei Tische weiter fasste die Küchenchefin ihre Eindrücke zusammen. Frau Schubert sei jeden Tag gekommen, habe jeden Tag eine Melange und eine Eierspeis mit einer Buttersemmel bestellt und habe jeden Tag die Eierspeis reklamiert, weil sie nicht selber nachsalzen wollte. Ich bin Alt-Hietzingerin, ich bin Alt-Hietzingerin, habe sie immer gesagt. Ich lasse nachsalzen, ich mache das nicht selber. Dabei sei sie ursprünglich aus irgendeinem Proletenbezirk gewesen und habe vor vierzig Jahren einen hiesigen Herrn Doktor geheiratet und seine Adresse und seine Zinshäuser gleich dazu. Außerdem wohne sie beim Trazerberg und nicht in Alt-Hietzing. „Die hat halt geglaubt, sie ist etwas Besseres, obwohl sie die schönen Jahrhundertwendehäuser hat verkommen lassen, weil sie so geizig war", sagte die Küchenchefin.

Aglaya von der Torten-Theke war bei ihrer Aussage zurückhaltender. Sie sei nicht besonders beliebt gewesen, die Verblichene. Nicht einmal ihre Kinder wollten etwas mit ihr zu tun haben, zumindest erzähle man sich das. Wahrscheinlich sei das auch der Grund, weshalb sie immer alleine gekommen war. Nie in Begleitung. Nur einmal, vor ein paar Tagen, da hätte sich jemand an ihren Tisch gesetzt und mit ihr geredet. Irgendein Mann. Sie könne sich aber an nichts Konkretes erinnern. „Es hat schon so ausgeschaut, als ob die beiden einander gekannt haben, aber wie gut, kann ich nicht sagen, es war an dem Tag wahnsinnig viel los bei den Torten", meinte Aglaya.

Als alle durch waren, schwang plötzlich die Tür auf. Herein trat eine etwa 50-jährige Frau, gehetzt und sichtlich nicht erfreut, in diesem Moment an diesem Ort sein zu müssen. Orientierung suchend sah sie sich um. Revierinspektor Harald Seifert erspähte sie und hob die Hand. Die Frau ging direkt auf ihn zu. Es war Frau Schuberts Tochter, Tatjana Reifenburg. Bevor sie den Revierinspektor erreichte, trat die Amtsärztin an ihn heran und flüsterte ihm etwas ins Ohr.

Eine glückliche Familie

Der Revierinspektor bot Tatjana Reifenburg einen Platz an. Danach wandte er sich an die leitende Kriminalkommissarin und nahm sie beiseite.

„Eigentlich ist das alles dein Job hier, Henriette", sagte er, doch die junge Frau winkte ab.

„Bitte, Papa. Ich bin froh, wenn du mithilfst. Ich hab oben in Speising noch einen Mord von vorgestern und kann mich nicht zerreißen."

Harald Seifert hätte sich eine andere Antwort seiner Tochter gewünscht, aber er konnte ihr nichts abschlagen. Er nahm gegenüber von Tatjana Reifenburg Platz und setzte seine Todesnachrichtenüberbringer-Miene auf.

„Frau Reifenburg, es tut mir leid, aber ihre Mutter wurde vielleicht ermordet", sagte er und erwartete eine oder mehrere der üblichen Reaktionen.

Doch Tatjana Reifenburg antwortete nicht und sah ihn bloß stumm an.

Auch Harald Seifert schwieg und wartete weiter.

Es kam nichts.

„Wollen Sie ein Glas Wasser oder einen Kaffee?", fragte er.

„Danke, nein", sagte sie und brach das Schweigen. „Das Einzige, was ich will, ist, gehen, und ich wäre nicht gekommen, wenn mein Bruder nicht so ein fauler Sack wäre. Eigentlich hätte er kommen sollen und nicht ich. Der hat nichts zu tun, ich aber bin beschäftigt."

Harald Seifert nickte und wartete, was noch kam.

„Und ich sag's Ihnen gleich. Ich hab mit der schon lange nichts mehr geredet", sagte sie und deutete mit einer abfälligen Kopfbewegung zu der Szene, in der die Tote von den Leichenbestattern gerade hochgehoben wurde und einem der beiden auskam. Etwas unelegant klatschte Frau Schubert in die Metallkiste.

„Und Alibi hab ich auch", fuhr die Tochter fort. „Ich war vorhin einkaufen. Im Supermarkt in Ober St. Veit. Dafür gibt es unzählige Zeugen."

Nachdem sich der Revierinspektor die Kontaktdaten von Tatjana Reifenburg und die ihres Bruders notiert hatte, entließ er sie und verließ den großen Saal, um im rückwärtigen Garten seine Gedanken zu sortieren. Angelehnt an die Hausmauer, zog er aus seiner Hosentasche den Handventilator der Toten und betätigte den On-/Off-Knopf. Im Schatten einer großen Kastanie genoss er den kühlen Hauch, den das Ding in sein Gesicht blies, und hörte nicht, wie Herr Ludwig von hinten an ihn herantrat.

„Bei solchen Kindern brauchst keine Feinde", sagte der Oberkellner und Harald Seifert zuckte zusammen.

„Mah, hast du mich jetzt erschreckt", sagte der Revierinspektor und drehte den Ventilator ab. „Bei solchen Müttern aber auch nicht. Kennst du die eigentlich?", fragte er und hielt Herrn Ludwig die sommerlichen Baufirma-Grüße unter die Nase.

„*Haisl-Bau*, ja, sind irgendwo bei Schönbrunn. Der Kommerzialrat Haisl kommt gelegentlich her. Ich weiß aber nicht, ob der noch arbeitet. Ist sicher längst in Pension", sagte Herr Ludwig.

Aus der Entfernung konnte man die Straßenbahn hören, die polternd, von der Hietzinger Hauptstraße kommend, in die Lainzer Straße bog. Harald Seifert spürte die Vibrationen. Er schwitzte und dachte an ein Erfrischungsgetränk und an die schöne Vorstellung, selber endlich in Pension zu gehen. Ein Tag wie dieser sollte eigentlich ein Geschenk sein. Ein von Lebensfreude und sommerlicher Leichtigkeit durchdrungener 24-Stunden-Moment, aus dem alle Trottel und Leichen ausgeschlossen waren. Doch das war er nicht. Er konnte sich nicht erinnern, wann er das letzte Mal aufgewacht war, ohne grantig zu sein, so sehr ging ihm sein Job schon auf den Geist.

„Überwachungskamera habt ihr ja noch immer keine, oder?", fragte er und Herr Ludwig schüttelte den Kopf.

„Nein, bei uns ist die Welt noch in Ordnung."

Der Sommerspritzer

Es war nicht leicht, Thierry Schubert, den Sohn der Leiche, aufzutreiben. Um diese Jahreszeit pflegte er, in verschiedenen Freibädern herumzugammeln und sich die Tage als alternder Playboy in Beachbars und Schanigärten zu vertreiben. Revierinspektor Harald Seifert musste am nächsten Tag drei Anläufe nehmen, um den Typen in seiner Wohnung abzupassen.

„Endlich erreiche ich dich", sagte Henriette Seifert zu ihrem Vater. „Und? Hast du ihn?"

„Ja, kommt gerade nach Hause, der Vogel. Ich bin hier schon festgewachsen", antwortete Harald Seifert, der vor Thierry Schuberts Haus stundenlang herumgelungert war und sich die Zeit mit sinnlosen Telefonaten ohne Klimaanlage vertrieben hatte.

„Tut mir leid, Papa, aber der Fall in Speising ist echt mühsam. Ich sag natürlicher Tod, mein Kollege faselt was von Mord. Egal. Ich glaub ja nicht, dass die Leiche wer umgebracht hat, aber bitte."

„Ja, ja. Schon gut. Hast du über den Schubert junior wenigstens etwas herausgefunden?", fragte er.

„Ja. Der ist ein Taugenichts. Zwei Semester Tiermedizin, dann eine wilde Mischung aus Arbeitsamt und Gelegenheitsjobs, mal bei einem Architekten, dann in einer Apotheke, dann kurz irgendwas mit Werbung, lauter unterschiedliche Sachen. Aktuell ohne Job. Hauptwohnsitz gemeldet dort, wo du jetzt gerade bist, in der Larochegasse. Das Haus gehört seiner Mutter und davor hat es seinem Vater gehört."

„Okay. Ich muss jetzt aufhören. Seifert Ende." Der Revierinspektor legte auf und folgte dem torkelnden Thierry Schubert in den mittelmäßig gepflegten Vorgarten des Gründerzeitzinshauses im Alt-Hietzinger Cottageviertel.

Wenig zielsicher stocherte Thierry Schubert mit seinem Schlüssel im Schloss der alten Hauseingangstür herum, als er Seifert in der Spiegelung des Türglases schemenhaft und nah an ihm dran ausmachte. Mit einem Schlingern drehte er sich um und Harald Seifert blickte in dunkle Sonnenbrillengläser, hinter denen er zwei glasig-ungenaue Augen eines Besoffenen vermutete.

„Und wer sind jetzt Sie?", lallte der 40-Jährige.

„Ich bin Bezirksinspektor Harald Seifert", antwortete Seifert und atmete Thierry Schuberts Alkoholdunst ein.

„Ah, Sie kommen sicher wegen dem hinigen Drachen", grinste Thierry blöd.

„Wegen des hinigen Drachens", korrigierte Seifert.

„Ja eh, wurscht, und was wollen Sie?", fragte der Sohn der Toten.

„Schauen, ob Sie der Mörder sind", antwortete Seifert.

„Haha, Sie sind lustig. Ein Kiberer-Witzbold", lachte Thierry und es klang ein wenig irre.

„Wie man's nimmt, aber ich glaub, Sie sind noch viel witziger", antwortete Seifert. „Wollen wir bei Ihnen in der Wohnung weiterreden?"

Thierry Schubert hob, an diesem Vorschlag wenig interessiert, die Schultern, deutete aber dem Bezirksinspektor, ihm zu folgen.

Was für ein sinnloser Volltrottel, dachte sich Seifert und betrat das alte Haus, das in der Sommerhitze eine Mischung aus kühler Umgebungsluft und modrigem Kellergeruch ausschied.

Die beiden stiegen zwei Stockwerke hoch und Harald Seifert verstand nun, was der junge Kellner Linus am Tag zuvor zu Protokoll gegeben hatte. Die Häuser der Frau Schubert lebten sichtlich noch ein wenig von dem einst guten Zustand. Seifert hatte in anderen Bezirken schon ganz andere Zustände gesehen, aber er erkannte, dass dieser Jahrhundertwende-Schönheit der Putz abbröckelte, weil Geiz und Ignoranz ihr die Substanz entzogen und nur das Notwendigste repariert wurde. Im Gegenzug waren die Mieten gesalzen, die Frau Schubert praktisch eins zu eins einstrich.

Eine junge Frau begegnete den beiden Männern, als Thierry seine Wohnungstür aufstieß und rumpelnd ins Innere stolperte. Ihnen merklich ausweichen wollend, trippelte sie die Treppen hinunter und beobachtete unauffällig, was vor sich ging.

Thierry Schubert zog sich im Vorzimmer seine sommerlichen Mokassins aus und tappte bloßfüßig über das alte Parkett in die Küche. Harald Seifert folgte ihm und sah zu, wie sich der Besoffene ein räudiges Häferl aus dem Abwasch nahm, ein Sackerl Instant-Kaffee hineinleerte und es mit heißem Leitungswasser befüllte. Während sich das Pulver auf dem Wasser schwimmend nur unmerklich auflöste, zog er eine große Obstschalte zu sich und wühlte dort in einem Berg Medikamentenpackungen, bis er fand, was er suchte. Aus einem Blister drückte er sich zwei Kopfschmerztabletten heraus und warf sie ein. Ihn zu befragen, war nicht leicht.

Leonore Matuschek

Harald Seifert verließ das Haus wenig später, nachdem der Sohn der Toten mitten in der Befragung auf einem Küchensessel eingeschlafen war. Im Vorgarten traf er die junge Frau, der er im Stiegenhaus begegnet war. Schwitzend pumpte sie einen Reifen ihres Fahrrades auf und wirkte gestresst.

„Kann ich Ihnen helfen?", fragte der Revierinspektor und die junge Frau sah ihn skeptisch an.

„Bezirksinspektor Harald Seifert", stellte er sich vor und griff nach der Fahrradpumpe.

„Leonore Matuschek", antwortete sie und bedankte sich.

Harald Seifert fudelte ewig an Pumpe und Reifen herum, bis er erkannte, dass da nichts zu machen war.

„Schaut schlecht aus", sagte er. „Der ist hin, der Reifen."

Leonore Matuscheks Gesichtsausdruck sah nicht happy aus.

„Kann ich Sie irgendwohin mitnehmen?", bot er an, doch sie schüttelte den Kopf.

„Danke, aber ich muss nur ins Café Dommayer. Da kann ich zu Fuß hingehen."

„Dann begleite ich Sie, wenn es recht ist, und Sie erzählen mir, was Sie von Thierry Schubert wissen, dem Sie sichtlich nicht gerne begegnen", sagte er.

Auf dem Weg zum Kaffeehaus erhielt der Revierinspektor ein beeindruckendes Bild der Familie Schubert. Leonore Matuschek wusste gut Bescheid, denn sie war einige Monate lang mit dem Saufkopf, wie sie ihn nannte, liiert gewesen. Sie erzählte von der schwierigen, hasserfüllten Beziehung Thierrys und seiner Schwester Tatjana zu deren Mutter, die vor allem darin bestand, dass sie ihr eine Scheißkindheit vorwarfen. Kalt, ständig nörgelnd, sich permanent über alles und jeden beklagend, immer damit beschäftigt, in Gesellschaft mit Dingen zu prahlen, die eh niemanden interessierten. Als potenzielle Schwiegermutter wäre die Frau ein Alptraum gewesen und Grund genug, Thierry irgendwann zu verlassen.

„Als er mit mir zusammen war, dürfte er eine gute Phase gehabt haben", sagte Leonore Matuschek. „Aber der Typ ist gestört. Wie seine ganze Familie. Haben Sie gesehen, was sich der alles einwirft?"

Harald Seifert zeigte keine Regung.

„Er hätte bei seiner Ex, der Apothekerin, bleiben sollen", sprach sie weiter. „Aber was soll's. Mir ist das mittlerweile egal. Zum Monatsletzten ziehe ich aus. In die Auhofstraße. Die haben sogar einen Outdoor-Pool."

Beim Betreten des Schanigartens verabschiedete sie sich und steuerte zielgerichtet einen Tisch an, an dem sie bereits erwartet wurde. Sie küsste ihre Bekannte links und rechts auf die Wangen und stieß unabsichtlich gegen den Nebentisch. Dort saß ein Mann mit weißem Borsalino, Eiskaffee und großformatiger Tageszeitung.

Harald Seifert schlüpfte durch die Schwingtür und betrat das Innere des Café Dommayer. Dort ging er zum Tisch des Todes, der leerstand. Lediglich ein Reserviert-Taferl war auf der Marmorplatte platziert, auf der vierundzwanzig Stunden zuvor noch der auftoupierte Schopf von Frau Schubert gelegen hatte.

Seifert nahm Platz und kramte sein Handy aus der Hosentasche. Im Vorbeigehen stellte ihm der Oberkellner kommentarlos einen Kleinen Braunen hin, auf den ein anderer Gast nun länger würde warten müssen. Während der Bezirksinspektor seine Tochter anrief, nahm draußen, am Tisch des Mannes mit dem weißen Hut eine Frau Platz.

„Frau Chefin, bitte einen Lagebericht", sagte Seifert und kippte die komplette Milch aus dem winzigen Kännchen in seine Espressotasse.

„Die Pathologie ist noch nicht ganz fertig. Die haben jetzt mal vorab auch Herzstillstand gesagt, so wie die Amtsärztin. Könnte aber jemand nachgeholfen haben. Die Spurensicherung, die im Dommayer war, hat allerhand gefunden. Vor allem von dir. Kannst du dir bitte endlich angewöhnen, Handschuhe anzuziehen oder nicht alles einfach anzugrapschen?", sagte Tatjana Seifert.

Der Revierinspektor nickte, während er vorsichtig die Kaffee-Milch-Mischung von der kleinen Tasse zuzelte, die überzuschwappen drohte.

Tatjana Seifert seufzte am anderen Ende der Leitung und setzte ihren Bericht fort.

„Also, die Spurensicherung hat im Kaffeehaus nichts Besonderes gefunden, was mit dem Herzstillstand von der Schubert zusammenpassen würde. Eierspeis, Kaffee, Semmel, alles in Ordnung. In ihrer Wohnung war auch nichts Verwertbares. Medikamente hat sie genommen. So allerlei, halt das Übliche, was man in dem Alter so nimmt. Interessant ist aber die Handy-Auswertung. Du wirst nicht glauben, mit wem die ein Pantscherl gehabt hat", sagte die Kriminalkommissarin und las aus den Nachrichten allerhand erstaunliche Sachen vor.

Nachdem seine Tochter das Telefonat beendet hatte, stand Harald Seifert auf und ging zu Herrn Ludwig, der an der Empfangstheke lehnte und den Eingang beobachtete.

„Da draußen, neben dem Oleander auf Tisch vier, sitzt übrigens der Dings", sagte er.

Harald Seifert folgte seinem Blick und sah aus dem großen Fenster hinaus in den Gastgarten. Einen Tisch weiter, neben Leonore Matuschek, mit der er hergekommen war, saß ein Mann, fein gekleidet, mit weißem Borsalino auf seinem Kopf. Ihm gegenüber eine Frau.

Der Bezirksinspektor musste zweimal hinsehen.

„Grüß Gott, Frau Reifenburg", sagte er einen Augenblick später, nachdem er an die beiden Gäste herangetreten war.

Tatjana Reifenburg löste ihren Blick von der Eiskarte und sah Seifert kalt an.

„Und Sie sind wer?", fragte der Mann mit Hut blasiert.

„Bezirksinspektor Seifert. Und Sie?", erwiderte Seifert.

„Kommerzialrat Ingenieur Baumeister Haisl", antwortete er.

„Ja, so ein Zufall", sagte Seifert.

„Der Herr Baumeister ist mein Verlobter", erklärte Tatjana Reifenburg schnappig und zog demonstrativ die Hand ihres zukünftigen Mannes zu sich.

„Ja, so ein Zufall", wiederholte Seifert und sah die beiden belustigt an.

„Haben Sie es gerade lustig?", fragte Tatjana Reifenburg.

„Ja. Sogar sehr", antwortete Seifert. Dann wandte er sich Herrn Haisl zu. „Sie waren ja gestern, als Ihre Schwiegermutter in spe nur ein paar Meter von Ihnen entfernt dahinschied, auch hier, wie ich hörte."

„Ja, anscheinend auch so ein Zufall. Aber sie ist wohl von uns gegangen, als ich schon fort gewesen bin", erwiderte er trocken und verzog keine Miene.

Tatjana Reifenburg schwieg und starrte auf das Wort Bananensplit in der Eiskarte.

„Glauben Sie diesen Lurchen kein Wort", grölte plötzlich von Weitem eine Stimme und der halbe Gastgarten schielte unangenehm berührt zu Thierry Schubert, der auffällig angelatscht kam, die Runde sodann mit exaltiertem Vokabular jenseits der Standardsprache begrüßte und dem Baumeister jovial auf die Schulter schlug.

„Na, Schwager in spe? Heute schon gemordet?"

Kommerzialrat Ingenieur Baumeister Haisl fand den Halblustigen nur viertelwitzig und schoss sofort scharf zurück.

„Dich leider noch nicht", sagte er und ergänzte. „Ich gehe aber davon aus, dass du das selber am besten schaffst."

Thierry lachte laut auf und der gesamte Gastgarten zeigte sich nun an dem Schauspiel interessiert.

„Lass ihn", zischte Tatjana Reifenburg ihrem Verlobten zu. „Der will dich nur provozieren."

Thierry wog seinen Kopf hin und her. Da entdeckte er seine Ex-Freundin am Nebentisch.

„Na da schau her. Wer sitzt denn da?", sagte er grinsend und Leonore Matuschek hätte sich gerne unsichtbar gemacht. „Die kleine Pharmaziestudentin aus dem dritten Stock, die sich gerne nebenbei was dazuverdient. Ziehst du nicht in zwei Wochen hier ein?" Er deutete auf das Nebenhaus, einen schmucklosen Bau aus den 1960er-Jahren.

Jetzt schauten alle die junge Frau an.

„Wissen Sie, Herr Polizeichef", sagte Thierry triumphierend, „die Frau Matuschek handelt mit Medikamenten, die man nur auf Rezept bekommt."

Leonore Matuschek war entsetzt und es fiel ihr in ihrem

Schreck nichts Besseres ein, als aufzustehen und davonzulaufen.

Harald Seifert sah ihr nach.

Im Gastgarten ging ein Raunen durch die Reihen.

„Netter Versuch", sagte Seifert, „aber ich weiß, wer Frau Schubert ins Jenseits befördert hat. Und Frau Matuschek und der natürliche Tod waren das nicht."

Thierry Schubert schielte zuerst seine Schwester an, die die Eiskarte wieder sinken ließ, dann den Baumeister und zuletzt Harald Seifert. Der holte zum Monolog aus und konfrontierte die illustre Runde mit seinen Erkenntnissen.

„Sie, Herr Haisl, hatten eine kurze Affäre mit Frau Schubert, die Sie allerdings nicht weiterführen wollten. Die Verblichene aber schon", sagte der Revierinspektor und Thierry bekam einen hysterischen Lachanfall. „Es war mühsam, sie loszuwerden", fuhr Seifert unbeirrt fort, „vor allem, weil Frau Schubert Sie gestalkt hat. Als die Tote dann im Zuge ihrer Nachstellerei herausgefunden hat, dass Sie, Frau Reifenburg, als ihre Tochter, etwas mit ihrem Lover angefangen und sich sogar verlobt haben, ist die Sache eskaliert. Die Frage ist jetzt nur, wer von Ihnen beiden die Frau Schubert von ihrer Eifersucht erlöst hat?"

Tatjana Reifenburg zeigte in der Sekunde auf Herrn Haisl, der wiederum in derselben Sekunde auf Tatjana Reifenburg.

„Aha, hab ich mir gedacht", konstatierte Harald Seifert. „Große Liebe, gell?"

Da platzte es plötzlich aus Tatjana Reifenburg heraus. „Bist du deppert?! Ich hab sie nicht umgebracht!", brüllte sie ihren Verlobten an. „Ich hab dich nur aufgerissen, um meine Mutter zu ärgern. Glaubst du wirklich, dass ich auf so einen alten Sack stehe?! Außerdem weiß ich, dass DU sie nur angemacht hast, weil du geglaubt hast, von ihr Aufträge zu bekommen. Hat aber bei der geizigen Sau nicht funktioniert! Pech für dich!"

„So ein Blödsinn", entgegnete Kommerzialrat Ingenieur Baumeister Haisl. „Meine Geschäfte laufen gut. Das hab ich gar nicht notwendig. Ich hab DICH nur aufgerissen, weil ich SIE loswerden wollte, diese ewig keifende und nörgelnde Salonproletin. Und ja, wenn sie deswegen einen Herzinfarkt bekommen hat, dann gut. Dann können wir jetzt in Ruhe das Erbe verprassen, Schatzi."

Thierry Schubert kriegte sich bei dem, was er da zu hören bekam, überhaupt nicht mehr ein.

„IHR könnt das Erbe verprassen? Haha!", johlte er. „Wenn ihr beide die Mutter ermordet habt, dann gehört das ganze Erbe MIR. Dann könnt ihr scheißen oder in den Häfen gehen und ich sag danke bis an mein Lebensende."

Plötzlich war es im Gastgarten des Café Dommayer totenstill. Alle starrten fassungslos zu dem kleinen, runden Tisch neben dem Oleander, an dem sich das Drama abspielte.

Seifert wählte die Handynummer seiner Tochter.

Dann winkte er Linus heran.

„Herr Ober, die Herrschaften müssen zahlen."

Der schönste Sommer bis zum Lebensende

Thierry Schubert sah zu, wie Bezirksinspektor Harald Seifert seine Schwester und den Ex-Freund seiner Mutter mitnahm. Dass Thierry all seine Sätze vorhin ausgesprochen hatte, ohne zu lallen, bekam bei dem ganzen Zinnober niemand mit. Es bemerkte auch niemand, wie Leonore Matuschek unbemerkt am Kaffeehaus vorbeischlich, ihrem Nicht-Ex-Freund Thierry zuzwinkerte und in sein nebenan geparktes Auto schlüpfte. Als die Beifahrertür sanft ins Schloss fiel, huschte Thierry ein zufriedenes Lächeln über sein Gesicht. Er hatte den ganzen Tag gerade einmal 0,3 Promille gehabt. Dieses eine Glas Wein hatte er getrunken, als er Revierinspektor Seifert stundenlang vor seinem Haus herumtigern gesehen hatte und eine Show hatte abliefern müssen.

„Dein pharmazeutisches Talent ist übrigens einzigartig, mein Sonnenschein", freute sich Thierry und zog seine Freundin zu sich. „Die Trottel in der Pathologie haben die Überdosis, die du mir ausgerechnet hast, nicht gecheckt. Hat zwar ein paar Wochen gedauert, bis die Alte endlich ins Gras gebissen hat, aber gut Ding braucht Weile." Er küsste Leonore lange auf die Wange.

„Du bist aber auch nicht schlecht gewesen, hast den Irren und Besoffenen richtig gut gespielt, my love. Wollen wir jetzt endlich ins Freibad fahren oder verkaufen wir vorher ein paar geerbte Zinshäuser?"

Thierry Schubert und Leonore Matuschek lachten dreckig auf. Sie konnten ihr zukünftiges Glück kaum fassen.

„Das wird der schönste Sommer unseres Lebens!", jubelte Leonore.

Plötzlich klopfte es an Thierrys Fensterscheibe.

„Äh, 'tschuldigung", konnten Leonore und Thierry glasklar eine Stimme hören. „Ihr Schiebedach ist offen."

Die beiden hoben synchron ihre Köpfe und schauten blöd in den blauen Nachmittagshimmel, der das sommerliche Hietzing von seiner herrlichsten Seite zu zeigen wusste.

„Mein Name ist Henriette Seifert, Kriminalkommissarin. Ich glaub, das ist jetzt ein bissl dumm für Sie gelaufen, dabei haben Sie sich so Mühe gegeben."

Leonore und Thierry gafften einander an.

„Hat die jetzt alles gehört?", fragte Thierry doof.

„Na was sonst, du Vollei!", brüllte Leonore zurück, riss die Tür auf und rannte davon.

Als Kriminalkommissarin Henriette Seifert zu ihren Handschellen griff, hörten sie und Thierry nicht weit entfernt ein gellendes Bimmeln gefolgt von einem lauten Rattern der notbremsenden Straßenbahn. Der Boden zitterte. Reifen quietschten. Leute kreischten. Jemand schrie: „Jessas! Das arme Mädel!"

Kriminalkommissarin Henriette Seifert zog Thierry aus seinem Auto und klickte ihn kurzerhand an einen Kurzparkzonen-Pfosten. Sie sah hinüber zur Haltestelle *Dommayergasse* und erkannte in dem Gatsch, der dort lag, Leonore Matuschek.
„Was ist passiert?", fragte Thierry mit zitternder Stimme und sah nun gar nicht mehr so cool aus, wie er sein Leben lang versucht hatte, auszusehen.
„Das wird wohl nicht der schönste Sommer Ihres Lebens, Herr Schubert, und ich glaube, Sie werden sich im Häfen auch noch eine neue Freundin suchen müssen."

Linus trug einen Becher Heiße Liebe zu Tisch vier, Herr Ludwig einen Eiskaffee zu Tisch acht. Tisch zwei wollte zahlen, Tisch eins noch etwas bestellen. Es war ein ganz normaler Sommertag im Café Dommayer bei über 30 Grad. Da konnten selbst die Sirenen der vielen Einsatzfahrzeuge die Lust auf ein ordentliches Eis mit Schlagobers nicht verderben.

Schwarte schwitzt im Wald

von Claus Schönhofer

Der Unfall

Recht früh am Morgen. Es ist schon heiß. Der Wald schwitzt die Hitze der letzten Tage, die sich im dichten Laub der Bäume und Sträucher gesammelt hat, langsam aus. Wie ein heißer Hauch umströmt sie die Gruppe von Nordic WalkerInnen, die sich im Gänsemarsch die Wiener Höhenstraße auf den Kahlenberg entlangquälen. Sie schwitzen noch viel mehr als der Wald, schwitzen wie Sau. Die Funktionsshirts kleben auf der Haut, die Sonnenbrillen sind angelaufen, unter den Schirmkappen rinnen kleine Bäche von Schweiß über Stirn und Wangen. Jeder Schritt der Fitness zuliebe ist ein Schritt zum Kreislaufkollaps.

Die vorbeifahrenden Autos müssen gefährlich nahe bis an die Gegenfahrbahn ausweichen. Auf das erboste Hupen reagieren die fünf WalkerInnen nur mit dem Stinkefinger. Es wirkt wie eine Choreographie. Auto fährt vorbei, hupt, alle fünf WalkerInnen heben gleichzeitig den Stinkefinger.

Dabei pendelt der Walking-Stock kurz an der Schlaufe, um sofort wieder gegriffen zu werden, ohne aus dem Rhythmus zu kommen. Das wiederholt sich einige Male. Ein Autofahrer wird langsamer und schreit aus dem offenen Fenster: „Es geht's auf der falschn Seitn, es Trottln!!"

Er fährt weiter. Im Rückspiegel sieht er fünf emporgestreckte Mittelfinger.

Die Walker walken unbeeindruckt weiter.

Ein Walker setzt zum Überholen an. Als er auf gleicher Höhe mit seiner Vorderfrau ist, rast von hinten ein Auto heran. Der Lenker muss weit nach links ausweichen und gerät in den Gegenverkehr. Die Augen des Fahrers des entgegenkommenden Flix-Busses werden groß wie Suppenteller. Er latscht voll auf die Bremse. Die Reifen finden auf der glatten Oberfläche der über siebzig Jahre alten kleinen Pflastersteine keine Haftung, das ABS lässt die Räder in einem Stakkato blockieren, bis kleine Rauchwölkchen aus den Radhäusern des Busses qualmen.

Im Bus purzeln Jugendliche durcheinander. Ein Mädchen verhängt sich dabei mit ihren Dreadlocks am Nasenpiercing eines anderen Mädchens und reißt ihr den Ring aus dem Nasenflügel. Blut spritzt.

Der Lenker, der auf die Gegenfahrbahn geraten war, kann im letzten Moment vor dem Aufprall sein Auto verreißen und schlägt einen Haken noch weiter nach links in einen unbefestigten Weg. Das Auto schlingert und schleudert zwischen Bäumen und Sträuchern hin und her, direkt auf ein Pixi-Klo auf einer kleinen Lichtung zu. Der Lenker schlägt die Arme vors Gesicht. Plötzlich knickt ein Vorderrad ab, der Wagen versetzt einen Meter zur Seite und landet im Gestrüpp knapp neben dem Klo.

Der geschockte Fahrer steigt mit zitternden Beinen aus. Er macht ein paar Schritte weg vom Auto und spürt plötzlich etwas unter seinen Füßen. Langsam blickt er nach unten. Er steht auf einer Hand.

Stille. Über die Büsche am Rand der Lichtung sieht man auf der anderen Seite der Straße die Köpfe der Nordic WalkerInnen vorüberziehen. Ein Auto hupt. Die Stinkefinger werden in die Höhe gestreckt. Der Flix-Bus ist weitergefahren.

Helene

Kriminalkommissaranwärter Rudolf Fessna sitzt unter der Markise im Schanigarten des Kaffeehauses neben dem Kommissariat. Vorübergehend sein Ausweichbüro, weil auf der Dienststelle ausgemalt wird. Auf dem Tischchen vor ihm ist gerade mal Platz für seinen Laptop und einen Eiskaffee. Schon der zweite an diesem Morgen. Auf dem Bildschirm die Seite eines Quiz' für Helene-Fischer-Fans. Er ist bei Frage 5.

Wie heißt Helene Fischer mit bürgerlichem Namen?

A: Jelena Petrowna Fischer

B: Jelene Fischer

C: Helene Petrowna Fischer

D: Helene Fischer

Kommissarin Andrea Vondrakna taucht unbemerkt hinter ihm auf: „D."

Fessna erschrickt, fängt sich aber gleich wieder: „Ich glaub C. Oder A. Weil der Vater von der Helene heißt Peter. Und sie ist ja ursprünglich Russin. Und da kriegen die Frauen ja die Namen von den Männern. Mit einem ‚na' hinten dran. Oder einem ‚owna'. Oder?"

Vondrakna ist in ihrem Element: „Die Großeltern von der Helene waren Schwarzmeerdeutsche, die erst im Zweiten Weltkrieg nach Sibirien deportiert worden sind. Wenn sie Deutsche waren, warum sollten sie dann Owna heißen?"

Fessna überlegt: „Aber Deutschland liegt ja nicht am Schwarzen Meer. Südostdeutschland geht nicht so weit runter. Das weiß ich sicher."

Vondrakna winkt ab: „Eh, aber wurscht. Weil die Helene Fischer in einem Interview gesagt hat, dass es nur ein Gerücht ist, dass sie Jelena Petrowna Fischer heißt. Sie hat gesagt, sie heißt Helene Fischer. Also gib D ein."

Fessna klickt auf Antwort D.

Fessna und Vondrakna freuen sich. D ist richtig.

Vondraknas Handy läutet. Sie hebt ab, hört kurz zu und klopft Fessna aufmunternd auf die Schulter: „Ich muss weg. Mach du derweil hier weiter. Ich melde mich später."

Als sie gerade zur Tür raus will, ruft ihr Fessna nach: „Frage 6, wer ist Helenes Ex-Lover? Ist der Florian Silbereisen wieder aktuell oder schon wieder Ex oder grad wieder …?"

Fessnas Telefon läutet. Klingelton „*Atemlos* …“ Er hebt ab: „Fessna.“

Die Leiche

Vondrakna stellt ihr Auto auf dem Parkplatz an der Höhenstraße ab. Mehrere Funkstreifen, ein Rettungswagen und ein Abschleppwagen des ÖAMTC.

Sie steigt aus und geht zu einer uniformierten Kollegin: „Ist die Leiche schon identifiziert?“

Die Polizistin antwortet: „Möglicherweise.“

Vondrakna schaut sie fragend an: „Das verstehe ich jetzt wie?“

Die Polizistin: „Papiere hat er nicht dabeigehabt. Aber am Oberarm eine Tätowierung …“

Vondrakna lässt sie nicht ausreden: „… anhand derer wir den Tätowierer ausfindig machen können – hoffentlich – und der sagt uns dann, wer sein Kunde war.“

Vondrakna motzt weiter herum, wie das so ihre Art ist: „Immer derselbe Schaß. Können die Leute nicht einen Ausweis dabeihaben, wie es eigentlich Vorschrift ist? Oder sich ihre Daten eintätowieren lassen?“

Die Polizistin: „Eh. Fast eh.“

Vondrakna schaut sie an. Der Blick sagt ‚Verehrte Kollegin, könnten sie bitte in ganzen Sätzen sprechen? Mit dem, was sie sagen, kann ich leider überhaupt nichts anfangen.‘ Stattdessen sagt sie: „Hä?“

Die Polizistin erklärt: „Das Opfer hat eine Art Kontaktnummer für Notfälle eintätowiert. Ich habe schon versucht, anzurufen, bin aber nur auf die Mailbox gekommen."

Vondrakna ist baff. „Und wer hat sich auf der Mailbox gemeldet?"

Die Polizistin: „Eine Deutsche."

Die Polizistin liest mit nachgeahmtem bundesdeutschen Akzent von ihrem Notizbuch ab.

„Hallihallo, du hast mich leider nicht erreicht, weil ich wahrscheinlich gerade beim Pilates bin oder mit Schwarte im Wald. Versuch es doch bitte später noch einmal. Bitte hinterlasse keine Nachricht, weil ich die nicht abhöre. Piiiep."

Vondrakna beißt sich auf die Lippe: „Eh."

Die Polizistin zeigt in die Richtung der Büsche: „Der Tote liegt noch nicht lange da. Keine zehn Stunden. Wollen Sie sich die Leiche anschauen? Das wird Sie interessieren. Ich meine, das Tattoo wird Sie interessieren."

Vondrakna geht mit ihr ins Gebüsch. Angeekelt versucht sie, nicht auf die herumliegenden Zeugnisse nächtlichen Liebesreigens zu steigen. Mit der passenden Musik würde es wie ein Tanz aussehen.

Die Leiche ist männlich, circa Anfang 50, Halbglatze, der Rest der Haare von Grau auf Blond gefärbt. Die Leiche ist mit einer hellblauen Jogginghose und einem blauen Poloshirt bekleidet. An den Füßen bequeme, braune Straßenschuhe mit belüfteter Gummisohle. Sehr sinnvoll bei der Hitze. Auf dem Oberarm ein tätowierter Text. Vondrakna liest: *„Im Notfal 069910022008 anrufen."*

Die Polizistin, ebenfalls über die Leiche gebeugt: „Notfall schreibt man mit zwei L."

Vondrakna nickt.

Die Polizistin: „Es handelt sich wahrscheinlich um Mord."

Vondrakna schaut die Polizistin fragend wegen ihrer voreiligen Schlussfolgerung vorwurfsvoll an. „Haben Sie irgendeine Verletzung feststellen können? Ich seh nix. Keine Wunde am Kopf, keine Stich- oder Schusswunde, keine Würgemale ... nix. Oder übersehe ich da was?"

Die Polizistin, schüchtern: „Ja?"

Vondrakna: „Was heißt Ja mit Fragezeichen?"

Die Polizistin traut es sich gar nicht, zu sagen: „Da ist ein kleiner Einstich mitten im Nuller. Wie von einer Injektionsnadel."

Sie zeigt auf die tätowierte Telefonnummer.

Vondrakna schaut genau hin. „Welcher Nuller?"

Die Polizistin: „Der dritte."

Vondrakna zählt: „Da ist nichts."

Die Polizistin: „Das ist der falsche Nuller. Sie müssen den von der Vorwahl mitzählen."

Vondrakna zählt noch einmal. Tatsächlich, da ist ein kleiner roter Punkt.

Vondrakna anerkennend zur Polizistin: „Hochachtung. Sie sollten zur Spusi."

Die Polizistin strahlt stolz: „Ich mache in einem Monat die Abschlussprüfung und dann gehe ich wirklich zur Spurensicherung."

Wie aufs Stichwort trifft die Spurensicherung ein. Vondrakna gibt Order, nach einer Spritze zu suchen: „Und die Kondome sammelt ihr auch ein. Und die Taschentücher!"

Den Leuten von der Spusi, denen sonst vor nichts graust, graust es.

Die Polizistin zu Vondrakna: „Der Täter hat dem Opfer möglicherweise etwas injiziert. Gift oder etwas, das einen anaphylaktischen Schock ausgelöst hat. Das Opfer war vielleicht allergisch auf Nüsse oder Meerestiere. Das kann tödlich sein."

Vondrakna: „Der Mörder war wahrscheinlich ein Eichkatzerl oder ein Schrimp. Ich werde der Rechtsmedizinerin sagen, sie soll danach schauen."

Die Polizistin ist sich nicht sicher, ob Vondrakna sie ernst nimmt. „Der Mann da drüben, Harald Zweier, 40 Jahre, Zahntechniker aus Wien Penzing, hat die Leiche gefunden. "

Vondrakna geht zu dem Mann und lässt sich den Vorfall schildern.

Der erzählt, wie es zu dem Unfall gekommen ist und wie er die Leiche gefunden hat.

Vondrakna fragt: „Und Sie haben sofort erkannt, dass es sich bei der Leiche um einen Toten gehandelt hat. Er schon tot war. Leiche. Tot."

Zweier antwortet: „Na ja, ich hab mir gedacht, so wie der da liegt, schläft der nicht. Wer legt sich mit dem Gesicht auf ein Kondom?"

Vondrakna: „Und dann haben Sie die Polizei gerufen."

Zweier überrascht sie mit seiner Antwort: „Ich habe zuerst den Böhmert angerufen."

Vondrakna: „Den wen?"

Zweier: „Den Böhmert. Ewald Böhmert. Der ist Kunde bei mir. Krone links oben vier. Er ist bei der Polizei. Ihn hab ich angerufen, weil ich mir gedacht habe, der wird wissen, wie und was da jetzt zu machen ist, damit es richtig gemacht wird. Ich wollt ja nichts falsch machen. Ich hab auch nichts angerührt und pinkeln war ich dann dort drüben. Weit weg von der Leiche."

Vondrakna ist verwirrt. „Und der Böhmert, der hat dann uns gerufen?"

Zweier ahnungslos: „Was weiß ich. Ich habe ihn nicht erreicht. Nur auf die Mailbox gesprochen, dass ich hier einen Unfall gehabt hab' und eine Leiche gefunden hab."

Vondrakna: „Und dann?"

„Dann hab ich 133 gerufen. Und jetzt sind Sie da."

Die Zeugenaussage bringt sonst keine neuen Erkenntnisse und Vondrakna verlässt den Tatort.

Frankfurter mit Eiskaffee

Auf dem Weg zurück ins Büro sieht Vondrakna im Schanigarten des Kaffeehauses Fessna unverändert mit dem Laptop an seinem Tisch sitzen. „Noch immer Helene Fischer? Echt jetzt?"

Fessna winkt ab: „Weiß schon alles, bin schon über alles informiert!“

Vondrakna setzt sich zu ihm. Fessna sprudelt los: „Die uniformierte Kollegin hat mich angerufen und Fotos vom Tatort geschickt. Und vom Tattoo. Notfall mit einem L. Ich brich nieder haha. Ich habe die Telefonnummer von dem Tattoo angerufen … nur die Mailbox. Ja, ich hab trotzdem draufgesprochen, auch wenn sie's nicht abhören wird.“

Vondrakna schaut ihn fragend an. „Warum wird sie die Nachricht nicht abhören?“

Fessna hat auf diese Frage nur gewartet. „Die Nummer gehört einer Gertrude Grabovski. Wohnhaft in Ottakring. Aber Frau Gertrude Grabovski wohnt schon lange nicht mehr in Ottakring. Sie ist vor zwei Jahren erst nach Hütteldorf und wenig später nach Hernals übersiedelt. Und vor drei Monaten ist die Frau Grabovski ein allerletztes Mal übersiedelt. Nach Simmering. Du verstehst, was ich meine. Zentralfriedhof.“

Fessna merkt, dass sein Scherzchen bei seiner Vorgesetzten nicht gut ankommt. Er legt sein Grinsen ab. „Die verstorbene Frau Grabovski hatte einen Bankeinzug für die Handyrechnung. Wird immer noch abgebucht. Wer jetzt das Handy hat oder wer es in letzter Zeit benutzt hat, versuchen wir, anhand der gewählten Nummern herauszufinden. Das dauert.“

Vondrakna fasst kurz zusammen: „Was wir wissen, ist, dass die Nummer, die wir auf dem Toten gefunden haben und im Notfall anrufen sollen, einer Toten gehört. Verstehe ich das richtig?"

Fessna nickt. „So sieht's aus."

Vondrakna lässt das kurz sickern. „Hast du den Kollegen Böhmert schon erreicht?"

Fessna hebt nur bedauernd die Schultern. „Leider nein."

Vondrakna fragt nach: „Von welcher Abteilung ist der eigentlich?"

Fessna wie aus der Pistole geschossen: „Böhmert Ewald, Kollege bei den Süchtlern. Rauschgiftdezernat. So wie du früher."

„Böhmert? Kenn ich nicht."

„Kein Wunder. Du bist schon längst zum Mord gewechselt, da war der noch in der Volksschule." Fessna lacht.

Vondrakna lacht nicht.

Andrea Vondrakna hadert seit einigen Wochen mit ihrem Alter. Den Vierziger hatte sie noch locker weggesteckt. Endlich erwachsen! Hat sie gescherzt. Wirklich happy war sie nicht. Aber daran gewöhnt hat sie sich dann irgendwie. 43, 44, 45. 45 war dann wieder ein seelischer Knick. Und jetzt 46. Näher zu Fünfzig als zu Vierzig. Zahlenmäßig näher zur Rentnerin als zum Partygirl, das Andrea hin und wieder bei Ü40-Clubbings immer noch raushängen lässt. Sie ist durchaus zufrieden mit ihrer Erscheinung. Eine attraktive Mischung aus sportlich und weiblich, gut aufgeteilt auf ein Meter neunundfünfzig. Damit ist sie ihrer Tante Margit sehr ähnlich. Die war auch etwas untergroß.

Und sie war auch bei der Polizei. Tante Margit war damals in den Siebzigerjahren eine der ersten Ermittlerinnen bei der Wiener Mordkommission und hatte eine bemerkenswert hohe Aufklärungsquote. Margit Zehentna war eine Legende. Sie war auch der Grund, warum Andrea zur Polizei wollte. Schon als kleines Mädchen träumte sie davon, Verbrechern das Handwerk zu legen wie Tante Margit. Und Andrea war sehr gut darin.

„Das ist seine Nummer, schon gewählt, es läutet ... und läutet ... und läutet ... vorübergehend nicht erreichbar. Das scheint grad umzugehen", sagt Fessna.

Vondrakna: „Weiter versuchen. Ich muss jetzt was essen, bin total unterzuckert. Herr Ober! Ein Paar Frankfurter und einen Eiskaffee, bitte!"

Fessna verdreht ob der Kombination von Eiskaffee und Würstel angewidert die Augen.

Vondrakna schaut ihn verständnislos an. „Was ist? Ich lass eh den Senf weg. Nur Kren."

Fessna würgt: „Ääch."

Schwarte

Auf dem Parkplatz vor dem Grillrestaurant am Cobenzl, gar nicht weit von der Fundstelle der Leiche entfernt, steigt eine junge Frau im Running-Outfit mit Schirmkappe und Sonnenbrille aus ihrem Auto. Der mopsähnliche Hund auf dem Beifahrersitz zögert. Er will zwar auch raus, aber er traut sich nicht, aus der Höhe des koreanischen SUVs zu springen. Die Frau seufzt und hebt die hechelnde Knackwurst aus dem Auto und stellt sie auf den Boden. Die Frau mit ihren langen, schlanken Beinen trabt los, der dicke Mops auf seinen Stummeln hinterher. Seine Zunge schleift am Boden.

Das ungleiche Paar schwitzt durch den dunstigen Wald. Ein Mountainbiker kommt ihnen entgegen. Der Hund ist plötzlich ganz aufgeregt und hoppelt bellend auf den Radfahrer zu. Der Radfahrer bleibt stehen, wirft sein Bike zu Boden, geht in die Hocke und breitet die Arme aus: „Na komm! Na komm!"

Der kleine, etwas bladgefressene Hund springt den Mann an und schleckt ihm übers Gesicht. Der Mann knuddelt den Hund: „Ja, ist das mein Schwarti? Ja, ist das mein Schwarti?"

Offensichtlich ist es sein Schwarti, denn der Hund kriegt sich gar nicht mehr ein vor lauter Begeisterung. Der Mann greift in die Rückentasche seiner Windjacke, holt ein Frolic hervor und hält es dem Hund hoch über die Nase: „Ja, was hab ich denn da fürs Schwarti? Ja, was hab ich denn da?"

Der fette Hund mit den kurzen Beinen verrenkt sich den Hals, um an das Leckerli zu kommen.

Die Läuferin kommt hinzu: „Manno, wie soll Schwarte abnehmen, wenn du ihn mit so 'nem Zeug vollstopfst!"

Grabovski und der Oberst

Nachdem Vondrakna mit den Würsteln und dem Eiskaffee fertig ist, gelüstet ihr noch nach einem fruchtigen

Abschluss. Kurz hadert sie mit sich selbst, ob ein Dessert ihren ohnehin sehr saloppen Diätplan stören würde. Sie entscheidet sich für ein Dessert mit Vitaminen. „Einen Erdbeerbecher bitte."

Fessna hängt seit einer Stunde am Handy. Vondrakna lässt sich dadurch bei ihrer Mahlzeit nicht stören.

Als Vondrakna den Löffel weglegt und sie ein erleichterndes *Pfff* durch die mit Schlagobers geweißten Lippen pfeift, knallt Fessna sein Handy auf den Tisch und meldet sich ganz aufgeregt: „Bitte, ich weiß was! Ich habe herausgefunden, dass die verstorbene Frau Grabovski einen Lebenspartner hatte. Einen gewissen Oberst."

„Bei der Polizei?"

„Ja, aber nur Leutnant. Oberst ist der Nachname. Konrad Oberst. Dieser Leutnant Oberst ist zweierlei."

Fessna zeigt zwei Finger. Einen zieht er wieder ein. „Einmal ist er Diabetiker, daher wahrscheinlich die eintätowierte Notfallnummer."

Fessna streckt den zweiten Finger aus. „Und zum Zweiten ist er einer von uns."

Vondrakna setzt fort: „Und drittens ist er mit höchster Wahrscheinlichkeit unsere Leiche vom Parkplatz."

Fessna nickt und zeigt Vondrakna auf dem Laptop ein Foto von Oberst. „Auf dem Foto schaut er älter aus. Was blondgefärbte Haare ausmachen."

Vondrakna schaut instinktiv auf ihr Spiegelbild im Fenster und prüft die grauen Strähnen in ihrem brünetten Haar.

Fessna setzt fort: „Er war bei der Internen. Niemand weiß, gegen wen er gerade ermittelt hat. Irgendwas mit Drogenschmuggel. Crystal Meth aus Ungarn. Oder genauer, aus Tschechien via Ungarn. Offenbar war dieser Oberst undercover."

Vondrakna: „Warum stirbt der auf einem Parkplatz neben der Höhenstraße?"

Fessna: „Die Lichtung neben der Straße ist ein beliebter Treff für Liebespaare."

Vondrakna: „Und da hat er zugeschaut?"

Fessna: „Oder auch nur ganz einfach einen Verdächtigen beobachtet. Der hat ihn bemerkt und ausgeschaltet. Kurzschlusshandlung."

„Und hat ganz zufällig das Narkosemittel Propofol dabeigehabt?"

„Leicht möglich. Die müssen ja nicht ausschließlich Crystal Meth geschmuggelt haben. Warum nicht auch Partydrogen? Ecstasy, Kokain, K.-o.-Tropfen, Propofol, was weiß der Teufel?"

Noch immer im Wald

Der Mountainbiker wirft dem Hund ein Stöckchen. Das fette Ding jappelt los. „Wir haben andere Probleme als Schwartes Schwarte."

Die Joggerin schaut ihn fragend an.

Der Mountainbiker schaut verdutzt zurück. „Wieso schaust du so?"

„Wie schau ich denn?“

„So, als wüsstest du nicht, dass wir ein Problem haben. Ein riesiges Problem.“

„Ich weiß nicht, was an dem Problem so riesig sein soll. Ein Spanner hat sich beim Spannen zugedröhnt und sich dabei mit der Dosierung vertan. Aus die Maus. That's it.“

„Aber er war ein Polizist.“

„Ein perverser Polizist. Na und? Du bist ja auch ein Polizist und pervers.“ Sie lacht.

„Der war von der Internen. Undercover. Der hat mich im Visier gehabt wegen der Drogensache. Ich hab ja gleich gesagt, dass es ein Schwachsinn ist, das Zeug aus der Asservatenkammer zu fladern und selber zu verticken.“

Die Joggerin tut das ab: „Der hat doch nur im Trüben gefischt.“

Der Mountainbiker erwidert: „Warum glaubst du, hat er sich an dich rangemacht?“

„Du hast doch gesagt, ich soll drauf eingehen, damit wir ihn unter Kontrolle haben.“

„Ja, trotzdem hättest du ihm nicht ...“

„Bist du plötzlich eifersüchtig? Ich dachte, du stehst auf so was.“

„Nicht das. Ich meine die Droge.“

„Sei doch nicht so zimperlich. Eine bisschen Propofol tut doch wohl. Der hat nicht gemerkt, dass ich ihm die Uhr und die Brieftasche abgenommen habe.“

„Aber er ist daran gestorben.“

„Ist Michael Jackson auch. Pech, wenn sich ein Junkie bei der Dosierung irrt."

„Ja, aber mit Michael Jackson haben wir nichts zu tun. In diesem Fall ist es Totschlag oder gar Mord."

„Wieso Mord? Warum sollte er sich die Dröhnung nicht selber verpasst haben?"

„Selber? Warum sollte sich jemand auf einem Parkplatz selber Propofol verabreichen?"

„Was weiß ich? Menschen machen die seltsamsten Dinge."

„Wenn er uns auf der Spur wegen der Drogen war, dann kommen sie auf uns und wir hätten ein starkes Motiv."

Das Handy der Joggerin läutet. „Das wird jetzt langsam lästig." Sie drückt den Anruf weg. „Wer außer dir soll die Nummer von der Grabovski haben?"

Der Mountainbiker versteht nicht: „Wieso die Nummer von der Grabovski? Von welcher Grabovski?"

„Na die tote Ex von dem Toten. Seine Freundin ist vor ein paar Monaten verstorben. Und ihr Handy ist bei dem Bullen unbenützt herumgelegen. Und wie er mich mal zu sich hereingebeten hat, ist es wohl versehentlich in meine Handtasche gefallen."

Der Mountainbiker ist entsetzt. „Hast du noch alle?"

„Ja, denn das Handy war fast neu. Und das Beste ist: Es wurde nie abgemeldet. Also telefoniere ich gratis und ohne Grundgebühr. Und es geht niemandem ab."

Der Mountainbiker schüttelt den Kopf: „Du bist so was von gierig. Wir verdienen mehr als genug mit dem Zeug aus

Tschechien. Aber du musst auch noch Leute beim Sex ausnehmen. Und dann auch noch ein Extra-Risiko eingehen, weil du gratis telefonieren willst."

„Von nichts kommt nichts. Ehret den Pfennig, sagte mein Vater immer."

„Wirf es weg, versenk es in der Donau, vergrab es im Wald, egal wo oder wie, lass es verschwinden!"

Die Joggerin genervt: „Jaaa, schon gut, ich werf es weg. Gleich dann. Mach jetzt nicht so ein Drama draus. Manno!"

Sie hat die Haare schön

Fessna sitzt an seinem *Büro*-Tisch im Schanigarten. Er vertreibt sich die Zeit mit einem Konzertmitschnitt von Helene Fischer auf dem Laptop. Helenes Gesang ist für die anderen Gäste nicht zu hören, da Fessna Kopfhörer trägt. Allerdings singt er halblaut mit. Das finden nicht alle schön.

Vondrakna steuert auf Fessnas Tisch zu. Fessna erkennt sofort, dass Vondrakna beim Friseur war. Dezent blondiert, doch auffallend genug, um Fessnas Gesang zu stoppen. Vondrakna prüft ihr Bild in der spiegelnden Fensterscheibe und darf zufrieden sein mit dem Ergebnis.

Fessna findet wieder zu sich, beendet Helenes Konzert und holt eine Liste auf den Schirm: „Hat lange gedauert. Aber das ist die Liste mit den Anrufen."

Vondrakna klopft Fessna lobend auf die Schulter und gibt ihm ein Zeichen, ihr zu folgen.

Fessna ist überrascht: „Echt? ich darf mit?"

Finale mit Frankfurter

Vondrakna und Fessna warten vor einem netten Haus mit Gärtchen am Fuße des Kahlenbergs. Ein Mountainbiker kommt angeradelt und hält vor dem Haus. Er steigt ab.

Vondrakna spricht ihn an und kommt ohne Umschweife zum Punkt: „Kollege Böhmert, eine Frage: Kennen Sie eine Frau Grabovski?“

„Nein.“

„Komisch. Sie haben aber mehrmals mit ihr telefoniert.“

„Das kann nicht sein, ich kenne keine Grabumsti.“

„Bovski“, korrigiert Vondrakna.

„Bovski“, wiederholt Böhmert.

„Wollen Sie uns mal kurz Ihr Handy zeigen?“

„Will ich eigentlich nicht.“

„Und uneigentlich?“

„Auch nicht.“

„Das werte ich jetzt mal als unkooperativ. Noch dazu unter KollegInnen.

„Ich bin keine Kollegin.“

„Sie haben das Binnen-I überhört. Also bitte, seien Sie so nett.“

Widerwillig reicht ihr Böhmert sein Handy.

„Entsperren bitte.“

Böhmert hält sein Handy vors Gesicht und schneidet eine hässliche Grimasse.

Vondrakna schaut verwundert.

Böhmert: „Hab ich so eingestellt, damit die Gesichtserkennung auch in der Früh funktioniert."

Vondrakna versteht. Sie nimmt Böhmerts Handy. Auf der Anrufliste Grabovskis Nummer. Vondrakna wählt. Nach zweimaligem Läuten meldet sich am anderen Ende eine weibliche Stimme mit deutschem Akzent.

„Endlich! Ich warte schon auf deinen Anruf. Was ist jetzt mit dem Typen? Wissen die, wer er war?"

„Frau Grabovski?", fragt Vondrakna.

Kurzes Schweigen am anderen Ende, dann wird aufgelegt.

Vondrakna schaut Böhmert, der mithören konnte, auffordernd an. „Wollen wir hier reden oder im Kaffeehaus?"

„Kaffeehaus?"

„Im Kommissariat wird ausgemalt."

„Dann Kaffeehaus. Haben die dort auch Frankfurter? Ich habe noch nichts gegessen."

„Die besten."

„Mit Kren?"

„Ja. Und Eiskaffee."

„Perfekt."

Epilog – Die Todesursache

Vondrakna schaut die Rechtsmedizinerin ungläubig an: „Kein Mord? Und was bedeutet dann der Einstich im Nuller?"

Die Rechtsmedizinerin erklärt: Der Einstich rührt von einer Zeckenimpfung her. Wahrscheinlich am Tag des Todes. Gestorben ist er daran nicht. Es war ein Herzinfarkt."

Vondrakna: „Einfach so?“

Die Rechtsmedizinerin: „Einfach so ist relativ. Wenn ich raten darf, würde ich es so ausdrücken: Beim kleinen Tod hat ihn der große ereilt.“

Vondrakna: „Sie meinen damit, ...“

Die Gerichtsmedizinerin nickt und lächelt dabei.

Vondrakna: „Eine schöne Art, die Welt zu verlassen.“

Die Gerichtsmedizinerin zieht die Gummihandschuhe aus: „Wissen Sie, wo wir einen guten Eiskaffee bekommen?“

Vondrakna: „Ja, bei uns im Büro. Da gibts den besten.“

Die Gerichtsmedizinerin schaut ungläubig.

„Sie werden sehen“, sagt Vondrakna und geht voraus.

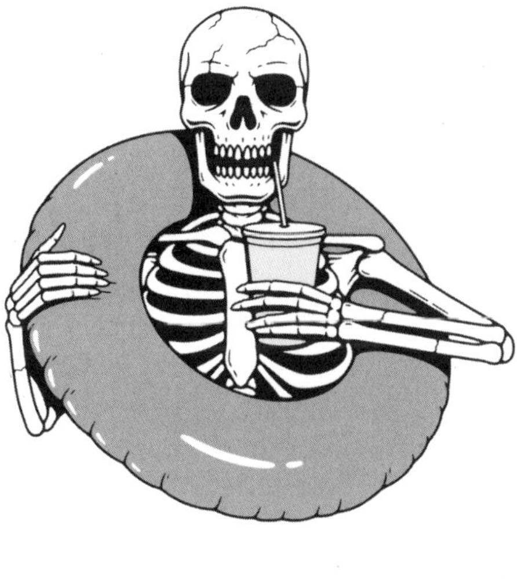

Matt am Bildungscampus

von Norbert Peter

1
Damen-Gambit

„Schachmeister? Glaubst du wirklich, du würdest mich im Schach schlagen?“, drang die männliche Stimme aus dem Hotelzimmer Richtung Bad. Hätte sie für jedes Wortspiel rund um ihren Namen zehn Cent bekommen, hätte sie sich längst ein Schachspiel mit vergoldeten Figuren anschaffen können, rechnete sich Nina Schachmeister durch, während sie im Rahmen ihrer Morgentoilette Lippenstift auftrug. Ihre Tinder-Bekanntschaft vom Abend zuvor hatte ihren Führerschein bemerkt, der aus ihrer Jackentasche geglitten war, während Nina die Jacke abgestreift und über eine Sessellehne gehängt hatte. Noch bei ihrem Date im Restaurant des Hotels hatte sie sich Jasmin genannt, wie sie es gerne gegenüber Fremden hielt: Ihren zweiten Vornamen ins Spiel bringen und gar keinen Nachnamen anführen, um ja nicht zu viel über sich zu verraten. Obendrein war sie als Polizistin nicht allzu begeistert von zu viel Nähe zu zu viel Menschen, die dann früher oder später was von ihr wollen könnten. Angefangen beim Annullieren einer Strafe wegen Falschparkens bis hin zum Herborgen ihrer Handschellen.

„Was hältst du davon, wenn wir nächstes Mal eine Partie Schach spielen? Strip-Schach würde ich vorschlagen. Immer wenn ich eine Figur von dir schlage, ziehst du ein Kleidungsstück aus. Ha? Wäre das was? Was sagst du dazu? Obwohl: Bei der Hitze wärst du ja schon nach der Eröffnung nackt. Mehr als drei Kleidungsstücke trägt bei der Affenhitze ohnehin keiner! Damen-Gambit schlage ich vor!"

Kenner des Spiels hätten ihn zu Recht verdächtigt, keine Ahnung von Schach zu haben. Und dass er das Wort „Damen-Gambit" nur von der gleichnamigen TV-Serie kennt. Nicht um die Vorzüge wissend, die eine Eröffnung bietet, bei der der Damen-Bauer zu Beginn zieht, um anschließend den Bauer auf der C-Linie anzubieten.

Seine Worte drangen ins Leere.

Schachmeister war längst entschwunden, im Lift nach unten. Sie hatte keinen Anlass gesehen, hier stärkere Bande zu Romano, Roberto oder wie immer er hieß aufzubauen, die am Ende auf ein Wiedersehen hinauslaufen würden. Deswegen gab es keine Antwort auf irgendwelche Fragen und nicht einmal ein „und Tschüss" zum Abschied. Noch im Bett liegend, noch vor dem Einschlafen war dieser Entschluss gefasst worden, aber der Raum hatte wirklich eine coole Temperatur. Die Klimaanlage hatte der nächtlichen Sommerhitze ein Schnippchen geschlagen, was für Nina

Schachmeister ein unschlagbarer Wert war, wenn sie an ihre eigene Wohnung dachte, im obersten Stock gelegen und der Sonne ausgeliefert, was dazu führte, dass sie dort in den fragwürdigen Genuss der Tropennächte kam, die die Menschen in Wien seit einigen Wochen quälten.

Nun galt es allerdings, etwas Tempo aufzunehmen. Zwar hatte Nina Schachmeister heute ihren freien Tag, aber sie hatte ihrer Freundin versprochen, sie endlich an ihrem Arbeitsplatz zu besuchen. Sie und Veronika Vormauer hatten sich vor etwa sechs Jahren bei der Polizei-Ausbildung kennengelernt. Zu lange hatten sie dieses Wiedersehen schon vor sich hergeschoben. Heute sollte es schließlich so weit sein. Und beim Treffen am Arbeitsplatz konnte man ja auch berufliche Erfahrungen austauschen.

Sie hatten miteinander gelernt, miteinander abgeschlossen, miteinander gefeiert, aber dann war Veronika in den privaten Sektor abgebogen. „Security mit Niveau“ hatte das Motto gelautet, dem sie auf den Leim gegangen war. Tatsächlich fand sie sich immer wieder bei der Überwachung von Events, auch größeren Ausmaßes. Und immerhin als „Leading Agent“, wie sie den Kunden verkauft wurde: Als „echte“ Polizistin, die ihre Expertise einbringen konnte. Sie stand also wenigstens nicht bei den Absperrgittern, um Besucher zu perlustrieren, sondern im „Security-Con“, einem Baucontainer, der innerlich mit Überwachungsgeräten aufgerüstet war. Eine Stromquelle sorgte dafür, dass die Bildschirme Überwachungsbilder liefern konnten. Die Hälfte der Energie floss allerdings in die Kaffeemaschine, den Kühlschrank und eine Klimaanlage. Und in exakt so einem Security-Con bei einem Festgelände auf einem in City-Nähe gelegenen Bildungscampus waren die beiden miteinander verabredet. Die Tür durfte immer nur kurz geöffnet werden, damit die Hitze draußenblieb. Bis 13 Uhr galt es, den „Hexen-Kongress" zu überwachen, und danach konnte man sich noch eine gehörige Portion Eis in einem der Eissalons der Inneren Stadt gönnen.

2
Der „Hexen-Kongress"

„Hexen-Kongress?" Nina Schachmeister zog eine Augenbraue fragend nach oben. „Ernsthaft?" Nach einer herzlichen Umarmung und dem unvermeidlichen „Wie geht es dir?" – „Danke, bestens, und dir?" hatte ihre ehemalige Kollegin ihr erzählt, dass sie der „Hexen-Kongress" schon speziell nervte. Auch weil es sich um eine Reihe von Events handelte und sie die Inhalte nicht mehr hören wollte.

„‚Kampf den Hexen' ist der korrekte Name", erläuterte Veronika Vormauer. „Es handelt sich um eine Veranstaltung von Hermann Kucera."

„DEM Hermann Kucera?"

„Ja, genau DER Hermann Kucera. Bekannt für seine explizit antifeministischen Positionen. Der Typ hat einige Klagen wegen Verhetzung am Hals. Du weißt schon: ‚Wenn Frauen nicht hinter den Herd wollen, dann gleich in den Herd mit ihnen.' Er sieht sich als Meinungsbildner, der die Rechte der Männer vertritt."

„Sympathisch", erwiderte Schachmeister, deren Antipathie für Kucera greifbar war.

„Das ist übrigens auch einer der Gründe, warum ich im Container bleibe: Frauen sind bei der Veranstaltung strengstens untersagt."

In Erinnerung geblieben ist Schachmeister eine Diskussions-Sendung bei einem privaten Sender, bei dem sie zu spät wegschalten wollte. Sie hatte ungeduldig von Sender zu Sender geswitcht, weil der gemeinsame Netflix-Account wieder einmal von ihrer Mutter benutzt wurde. Was legitim war, weil diese auch dafür bezahlte. Eine harmonisch klingende, melodiös nach Sympathie geifernde Stimme war zu hören: „Ja, ich habe eine neue Sprache entwickelt. Weil Sprache bestimmt unser Denken und damit unser Sein. Kann man alles in meinem Buch nachlesen: ‚Hermannisieren leicht gemacht' ist letzte Woche erschienen", hatte ein mittelgroßer, glattrasierter, dunkelblonder Mann mit Scheitel erklärt.

Und in diesem Moment hätte Schachmeister wegschalten sollen. Angewidert und gleichzeitig fasziniert, folgte sie aber den frivolen Gedanken des Sprechers: „Unter ‚Hermannisieren' verstehe ich das Wiederherstellen der männlichen Autorität. Es ist kein Zufall, dass der Mann der Frau körperlich überlegen ist. Er ist ihr selbstverständlich auch geistig überlegen und hat damit auch über sie zu bestimmen. Was letztlich auch der Frau zugutekommt, weil er auch für sie die richtigen Entscheidungen treffen wird. Was aber naturgemäß nicht alle Frauen verstehen können. Eine Frage der Intelligenz, Sie verstehen?“, fragte Kucera in die Runde. „Haben Sie Angst vor kooperativen Modellen?“, hatte daraufhin eine Diskussionsteilnehmerin gefragt. Angst hätte er keine, schließlich weiß er Gott auf seiner Seite. Aber er war verheiratet, er kannte die Frauen und er wüsste, dass sie des Teufels sein können. „Liebe Kollegin, sparen Sie sich Ihre Wortspenden. Es geht Ihnen doch nur darum, Kontrolle über uns Männer zu gewinnen. Sie präsentieren sich nur allzu gern als Sexfalle. Geben Sie es ruhig zu: Die Sexualisierung, unter der Sie angeblich alle so fürchterlich leiden, geht doch nur von den Frauen selbst aus, von niemandem sonst. Und wenn wir Männer dann den Fehler machen, unseren Gefühlen zu viel Platz zu geben, wollen diese Hexen Macht über unsere Gehirne gewinnen. Zerstören unsere Identität, um Macht zu erringen. Ich habe Ihre toxische Weiblichkeit längst durchschaut!“

3
Der kleine Fisch

Während der Fernseher weitergelaufen war, war Schachmeister in ihr Handy abgetaucht und hatte zu dem in ihren Augen gespenstischen Typen recherchiert.

Seine Scheidung hatte damals tatsächlich einigen Staub aufgewirbelt. Wegen wiederholter Gewalt gegen seine Frau und seine Tochter hatte seine Frau die Scheidung eingereicht. Kucera aber tauchte vor Gericht mit einem Gutachten auf, das seiner Frau, einer ehemaligen Tänzerin aus Bolivien, Verfolgungswahn unterstellte, die sich gerne selbst verletzt hatte, und auch das Kind, ein sechsjähriges Mädchen, als unglaubwürdigen Zeugen darstellte, das seiner Mutter gefallen wollte und sich gegen den Vater gewandt hätte. Ein Prozess folgte dem anderen. Am Ende wurde das Kind seinen Großeltern väterlicherseits zugesprochen, woraufhin die Mutter freiwillig für geraume Zeit in eine psychiatrische Klinik verschwand.

Als die Frau sich wieder fit genug für das Leben fühlte und wieder als Tänzerin arbeiten wollte, gelangten unvorteilhafte Fotos von ihr in die Medien. Es hatte sich um Fotos aus der Zeit ihrer Ehe gehandelt und eigentlich konnte nur einer sie weitergereicht haben: Hermann Kucera, der dies vehement bestritt. Seine Frau, die noch immer keine Scheidung durchsetzen hatte können, bekam keine Engagements mehr. Ihre Karriere war damit endgültig am Ende.

Nina Schachmeister warf Veronika Vormauer einen skeptischen Blick zu. „Sag nichts“, winkte diese ab, „ich weiß, dass es anspruchsvollere Tätigkeiten gibt. Und ich muss ergänzen, dass der Kucera-Auftrag ein kleiner Fisch in unserem Unternehmen ist. Schau, Wien ist eine anerkannte Kongressstadt. Wenn ich da nur an den Radiologen-Kongress denke: Wenn der stattfindet, bekommst du kein freies Zimmer mehr in der Stadt. Auch der Wiener Konzert-Sommer hat es in sich, wie wir wissen. Ein Topstar löst den nächsten ab: Robbie Williams, Bruce Springsteen und so weiter. Aber es ist wirklich so: Die Radiologen schlagen Taylor Swift!

Da wir hier unseren Hauptsitz haben, dürfen wir hier einige Kongresse sicherheitstechnisch servicieren. Da sind klarerweise einige dabei, bei denen Zehntausende Teilnehmerinnen und Teilnehmer erwartet werden. Heute nicht. Aber Kleinvieh macht auch Mist." Diesen Schlusssatz quittierte Schachmeister mit einem Lächeln.

Nachdem Vormauer ihr heutiges Engagement gerechtfertigt hatte, fuhr sie dann erläuternd fort: „Es handelt sich im Großen und Ganzen um einen Vortrag, bei dem Kucera seinen Fans more of the same bietet. Zuerst legt er seine These dar, dann kommt eine kleine Musikformation, die mit Pauken und Trompeten aufmarschiert, jedes Mal eine musikalische Überraschung bereithält, während der Meister seine Bücher signiert. Wir hatten den Event vor zwei Tagen in Graz und davor in Klagenfurt." In dem Moment bestieg Kucera die Bühne, winkte und ließ sich von den Anwesenden applaudieren. „Da ist er, dein kleiner Fisch", sagte Nina Schachmeister und deutete auf einen der Bildschirme, die das Ereignis in Farbe in den Container brachten. Sie blickte auf den Screen und sah einen Mann, der sich wie ein Herrscher gebärdete. Die Bühne war flankiert von zwei alten, groß gewachsenen Buchen. Mit etwas Fantasie wirkten sie wie zwei Türme auf einem Schachbrett, zwischen sich den König schützend.

4
Der Anschlag

Der Bildungs-Campus war eine Mischung aus ehemaligen Universitätseinrichtungen, in denen nun Unternehmen und Institute untergebracht waren, die noch für die universitäre Lehre vorgesehen waren. Die Gebäude waren aus vergangenen Jahrhunderten, frisch revitalisiert und im Innenhof standen hohe Laubbäume mit dichter Baumkrone, die im Alter ihrer baulichen Umgebung nur unwesentlich nachstanden. Sie sorgten für Schatten und ermöglichten so auch bei hohen Temperaturen den Aufenthalt im Freien. Spätestens in den Sommermonaten, die sich weitgehend mit der Ferienzeit der Studentinnen und Studenten deckte, waren die Räumlichkeiten und der Innenhof ein beliebter Treffpunkt für all jene, die in der Stadt eine Oase der Entspannung suchten. Wenn der Hof nicht gerade für eine Veranstaltung gesperrt war. Wie an diesem heißen Sommertag, der sich temperaturmäßig in die Tage davor einreihte.

Hermann Kucera wartete, bis sich der Anfangsapplaus gelegt hatte. Dann begann er mit einem lauten „Grüß Gott, meine Herrschaften!“ und erntete die ersten Lacher. „Herrschaftszeiten noch einmal! Und noch einmal! Herrschaftszeiten für immer! Widersteht den Hexen!" Die Menge zeigte sich begeistert, rund 300 Teilnehmer fixierten das Geschehen auf der Bühne, die dem Sprecher etwa einen Meter über den Boden erhob, womit ihn alle bestens sehen konnten.

„Es macht mich stolz, zu sehen, wie wir Männer uns versammeln und unsere Rechte zurückfordern. Gemeinsam können wir dafür sorgen, dass Männlichkeit wieder zählt und bewundert wird und nicht verlacht und dem Hohn preisgegeben wird."

Kucera präsentierte seine Sätze wohl formuliert, darauf achtend, dass jede Aussage sitzt und seine Anhänger ihn verstanden. Darunter auch einer seiner Leitbegriffe, den er nie vergaß: „Macht euch die Frauen Untertan! So wie auch ich es getan habe: Hermannisieren wir die Frauen! Zähmt sie! Züchtigt sie! Tut, was immer es braucht, damit ihr die Zügel in der Hand haltet: Ich habe es geschafft, ihr könnt es auch!" Lächelnd zeigte er seine Zähne und lenkte damit unbewusst vom Wahnsinn ab, der aus seinen Augen sprach.

Die Zustimmung aus dem Publikum brandete zur Bühne hin. Kucera fühlte sich angespornt und führte seine Überlegungen weiter aus. Gegen Ende seiner Ausführungen war es ihm noch wichtig, auf eines seiner Projekte hinzuweisen.

„Wir werden stärker, wenn wir uns auch mental rüsten! Und ihr wisst es längst, liebe Mitstreiter: Es gibt einen Lehrgang, der an meinem privat organisierten Institut angeboten wird. Und das Beste ist: Es gibt noch freie Plätze! Anmeldeformulare für unsere ‚Herrschaftszeiten' liegen neben dem Eingang auf!"

Nachdem er seine wesentlichen Inhalte vermittelt hatte, ging Kucera zum musikalischen Abschluss über.

„Ich habe wieder genug Exemplare meines Buches mitgebracht, liebe Freunde! Ihr könnt sie bei meinem Assistenten erwerben, damit ich sie euch gleich hier und heute signieren kann. Und auch heute werden wir wieder musikalisch verwöhnt, meine Herrschaften! Heute ..." Kucera las vom Blatt ab: „... heute spielt die ‚Burgenländische Bauern-Band' auf! Und hier marschiert sie schon ein!"

Inmitten des Publikums tauchte eine etwa zehn Mann starke Formation auf, mit Stiefelhosen und bunten Hemden bekleidet, die sich mit Blasinstrumenten und Trommeln Richtung Bühne bewegte. Dabei schon musizierend und im Rhythmus schunkelnd und marschierend.

Die Band näherte sich der Bühne, auf der immer noch der Redner stand.

Da verstummte die Trommel, einer schnellen Bewegung zwischen den Musikern folgte ein Knall. Die Musik verstummte abrupt.

Plötzlich griff sich Hermann Kucera an seine Brust. Ungläubig starrend sank er zu Boden. Die Menge begriff, dass der Knall, der zeitgleich zu hören gewesen wäre, ein Schuss gewesen sein musste. Aus der Menge der Musikkapelle löste sich ein Musikant, lief zur Bühne und hechtete darunter, indem er einen schwarzen Stoff anhob, hinter dem er verschwand, nicht ohne mit seiner Waffe zu winken, womit sich alle hüteten, allzu rasch die Verfolgung aufzunehmen.

5
Wiederholung

Plötzlich hob sich der schwarze Stoff wieder und gab roten Stoff frei: Eine Frau in einem roten Kleid kletterte panisch unter der Bühne hervor. „Er ist da drinnen!", rief sie und deutete gleichzeitig zum schwarzen Vorhang hin. Während sich die meiste Aufmerksamkeit auf das Geschehen auf der Bühne konzentrierte, wo sich eine Handvoll Menschen um den blutenden Redner kümmerte, fand ein Mitarbeiter der Security Zeit, um sich um die attraktive Dame zu kümmern, die geschockt wirkte. Diese deutete nun auf zwei Männer, die hinter der Bühne standen. Diese sahen das und schienen sich merklich unwohl zu fühlen. Der Security-Mitarbeiter sah in deren Richtung und führte sein Funkgerät zum Mund. Die Unruhe bei den beiden Männern verstärkte sich.

Vormauer und Schachmeister saßen immer noch wie gebannt vor den Bildschirmen.

Vormauer hatte den Notruf abgesetzt, um Einsatzkräfte zu holen, während Schachmeister dem folgte, was hier ihr diese spezielle Form von Reality-TV bot. Da macht sie eine Beobachtung, die sie sofort überprüft haben wollte.

„Ist das alles aufgezeichnet worden?", fragte sie und, ohne auf die Antwort zu warten, sagte sie: „Dann spiel bitte noch mal die Szene ab!"

Veronika Vormauer tat wie ihr geheißen.

Die beiden besahen noch einmal den Ablauf, zuerst im Schnelldurchlauf. Als die Band einmarschierte, riet Nina Schachmeister, das Tempo wieder zu verlangsamen: „Jetzt bitte wieder im normalen Tempo weiter."

Der Trommler, der eben noch den Rhythmus maßgeblich vorgegeben hatte, hielt inne. Ein Griff in seine Hose brachte eine Waffe zum Vorschein, offensichtlich eine Pistole. Der Trommler zielte aus einer Entfernung von rund zehn Metern, gab einen Schuss ab, um anschließend sofort unter der Bühne zu verschwinden.

„Und jetzt bitte im schnellen Vorlauf weiter zu der Stelle, an der die Frau hervorkommt!", befahl Schachmeister, wartete kurz und rief. „Und jetzt wieder Stopp!" Man sah die Frau im roten Kleid, wie sie ihren Arm ausstreckte, um auf die Männer am Rand zu deuten. Die Szenerie war scharf auszumachen.

„Die Schuhe! Schau dir die Schuhe an! Es sind dieselben! Der Trommler hatte als einziger Musiker keine Stiefel, sondern hatte dieselben Schuhe an wie diese Person!", sagte Schachmeister. Einer ihrer Finger berührte den Bildschirm.

Vormauer begriff sofort, gab über ihr Kommunikationssystem Anweisungen und war schon auf dem Weg nach draußen.

6
Mariniert

„Großartig, dass du das gesehen hast, Nina!“ Vormauer sah Schachmeister dankend an.

Die Ereignisse hatten naturgemäß sämtliche Abläufe durcheinandergebracht.

Auch der Eissalon hatte länger warten müssen. Erst mit dem Aufkommen der Dämmerung, kurz bevor der Laden schließen musste, hatten die beiden letztlich noch zusammengefunden. Vor ihnen zwei gut gefüllte Schalen mit Eis und Schlagobers, hinter ihnen eine Pestsäule, die daran erinnerte, was diese Stadt schon überstehen musste, umgeben von zahlreichen Jugendlichen und Junggebliebenen, leicht bekleidet, die sich an Getränken und Eiscreme im Stanitzel oder in Bechern labten und den Abend genossen.

Vormauer hatte viel zu berichten. Unter anderem, dass Kucera auf der Intensivstation im größten Krankenhaus des Landes lag. Sein Zustand schien nach einer Notoperation stabil zu sein. Die Kugel hatte keine lebenswichtigen Organe verletzt.

Und dann war natürlich noch die Festnahme der Täterin Thema.

„Als wir ihr zu verstehen gaben, dass wir in ihr eher die Täterin als eine Zeugin sahen, hat sie sofort klein beigegeben. Es war ihr wichtiger, dass sie tat, was sie tat, als ungeschoren davonzukommen. Der Fluchtplan war ja nicht wirklich durchdacht. Aber du wirst überrascht sein, wenn ich dir sage, wer sie ist!“

„Ich habe da einen Verdacht", meinte Schachmeister, während sie den Löffel in eine Kugel Vanilleeis führte. „Ich tippe auf die Ex vom Kucera. Eine kurze Internet-Recherche hat mich auf Fotos von den beiden geführt. Und nun, sie hat sich nicht großartig verändert. Wenn man von den kurzen Haaren absieht. Ihre lange dunkle Haarpracht musste sie wohl der Verkleidung opfern."

„Richtig! Und bei ihrer Ausbildung zur Tänzerin hat sie anscheinend auch ein paar schauspielerische und musikalische Grundkenntnisse erworben. Es hat zumindest gereicht, bei der Band als Mann durchzugehen, und das Schlagwerk war ihr auch vertraut. Sie hatte in Erfahrung gebracht, wer heute als Musik-Act gedacht war, hatte sich die Formation im Internet angeschaut. Den Trommler kontaktiert. Ihn mit ein paar Scheinen dazu gebracht, sie heute als Ersatz vorzuschlagen, weil ihm ‚plötzlich übel geworden sei'. Es würde sich um einen Scherz handeln, eine Überraschung für einen Freund. Wobei sie mit der Überraschung gar nicht gelogen hatte", erläuterte Vormauer. „Und willst du wissen, was sie bei ihrer Festnahme gesagt hat?" Schachmeister forderte sie mit interessiertem Blick auf, weiterzureden.

„Ich sag es dir, wenn du mir etwas von deinem Schlagobers gibst", grinste Vormauer ihre Freundin an. Dann fuhr sie mit ihrem Löffel über den Teller von Schachmeister, den diese ihr zuvor hingeschoben hatte.

„Sie hat dem Beamten die Arme entgegengestreckt. Und

dann hat sie gesagt: ‚It is done. Es ist vollbracht. Ich habe ihn mariniert'", führte Vormauer aus.

„Verstehst du? Mariniert! Weil sie Maria heißt. Und Kucera ja immer behauptet hatte, er hätte sie hermannisiert!"

Sie dankte ihrer ehemaligen Kollegin nochmals aufrichtig, um dann noch zwei schmeichelnde Fragen zu stellen: „Wie kamst du auf die Idee, die Frau zu verdächtigen? Wie bist du da bloß draufgekommen?"

7
Die Wandlung

Der bewundernde Blick ihrer Freundin gefiel Nina Schachmeister sichtlich. „Du weißt doch, ich steh auf Schuhe!", scherzte sie zuerst, dabei ihre Beine anhebend und ihr leichten Ballerinas präsentierend, um dann doch noch etwas ernsthafter auf die Frage einzugehen: „Nur so ein Gefühl", antwortete sie, „gepaart mit Logik." Und als der Blick ihrer Freundin nicht nachließ, ergänzte sie: „Vielleicht auch ein wenig Erfahrung. Ich bin ja jetzt schon seit zwei Jahren bei dem Verein." Sie unterstrich diese Aussage mit einem Fingerzeig auf ihre Polizeimarke, die sie immer noch in der Hand hielt. Damit betrachtete sie die Fragen als ausreichend beantwortet.

Schließlich wollte Nina Schachmeister ja nicht, dass noch mehr Leute auf ihrem Namen und dessen möglicher Bedeutung herumreiten.

Weil: Natürlich machte der Namen etwas mit einem. Und

dementsprechend war sie regelmäßig auch von Lehrerinnen und Lehrern während ihrer Schullaufbahn darauf angesprochen worden, ob sie nicht einen Schachkurs besuchen wollte. Was sie dann auch getan hatte, gefolgt von einigen Bewerbsspielen für ihre Schule in der Schach-Schülerliga. Nicht, dass sie da überaus erfolgreich gewesen war. Für den zweiten Platz ihres Schulteams bei der Bezirksmeisterschaft hatte es gereicht, bei dem sie immerhin am zweiten Brett gesessen hatte. Also nominell als Zweitstärkste ihrer Schule präsentiert wurde. Und jetzt, viele Jahre später, sollte es auch dafür reichen, dass man sich bewusst machte, dass es nicht nur beim Schachspiel möglich war, dass ein Bauer sich mit der richtigen Strategie in eine Dame verwandeln kann …

Poolparty mit Glitzerbikini oder wo ist Konrad?

von Franziska Waltz

Eindeutig eine Leiche.

„Ff-ff-ff..."

Mit kurzen Schnüffelabständen schnuppert der Nachbarhund an einer weißen Zehe, die aus dem finsteren Biotop ragt. Daneben steht Cordula und starrt auf die stille Wasseroberfläche und das kleine Stückchen Mensch, das wie ein schlechter Faschingsartikel zur falschen Zeit am falschen Ort seinen Auftritt bekommen hat. Sie kann nicht wegschauen. Matschige Stengel einer abgeschnittenen Seerose gaffen vorwurfsvoll zurück. Vom Rest des toten Körpers sind nur ungenaue Umrisse zu erkennen, die wie eine Sandbank allmählich in der Dunkelheit des Wassers verschwinden. Ein kleiner Holzsteg wirft seinen Schatten auf den Leib.

„Ff-ff-ff..."

Plötzlich ein Rascheln an der Grundstücksgrenze. Der Nachbarhund und Cordula schrecken ertappt zusammen und wechseln Blicke. *Ich weiß alles,* denkt sie, denkt er, und nach einem langen, regungslosen Augenblick zieht er mit einem Mal ab und robbt durch ein Loch im Zaun zum nächsten Nachbargrundstück. Cordula sieht dem Mitwisser nach, der vielleicht jederzeit seine Entdeckung preisgeben würde, wenn er könnte.

„Hallo? Cordula?", kommt es durchs Gebüsch.

Cordula fährt erschrocken herum. Der Schwall Adrenalin, der schneller durch ihren Körper jagt, als sie das *Hallo Cordula* richtig einordnen kann, ist für sie nicht unkontrollierbar. Sie schwankt und ist für einen kurzen Moment orientierungslos. Ihr Schädel brummt, in ihren Ohren ein grelles Pfeifen. Alles fühlt sich wie Watte an, um sie herum eine bizarre Welt in surrealer Zeitlupen-Ordnung. Cordula versucht angestrengt, sich zu fangen.

Durch löchrige, zwei Meter hohe Schilfmatten stiert die nachbarliche Hundebesitzerin zu ihr herüber und sucht Cordulas Garten mit den Augen ab. Dabei schnauft sie hörbar.

„Pfff ... jetzt schon so heiß. Dabei ist es noch nicht einmal neun Uhr. Wo soll das noch hinführen?"

Cordula weiß es nicht. An sich weiß sie es grundsätzlich nicht und gerade jetzt weiß sie es am allerwenigsten.

„Na ja, wir werden es erleben", sagt die Nachbarin schicksalsergeben. „Oder daran sterben. Haha."

Haha, denkt Cordula angesichts der Wasserleiche und

wünscht sich, die Nachbarin würde sich in Luft auflösen und sie nicht bei ihrem Problem stören. Doch die denkt nicht daran, sich zu verziehen, und spricht weiter.

„Sag, hast du den Konrad gesehen?"

Ein zweiter Adrenalinstoß. Cordula schwankt wieder. Sie will nicht antworten. Das Dröhnen in ihrem Kopf wird lauter.

Zwei Nachbargärten weiter springt jemand mit einem lauten Stöhnen der Erleichterung in seinen Pool. Der dumpfe Platscher schallt durch die Morgenstille der Wiener Kleingartensiedlung und stülpt sich über Cordulas unklare Antwort, von der sie nicht weiß, ob sie sie jetzt gegeben oder doch nur gedacht hat.

Die Nachbarin lacht höhnisch auf.

„Ha! Jaja, der Herr Architekt", sagt sie gehässig und schüttelt hinter der Schilfmatte ihren Kopf. „Der wird uns noch alle umbringen."

Cordula unterdrückt undefinierbare Geräusche, die ihren Mund verlassen wollen, und würgt sie gewaltsam hinunter. Bitte, denkt sie, halt endlich den Schlapfen und schleich dich. Doch die Nachbarin ist noch nicht fertig.

„Pools sind die totale Apokalypse. Weißt du das?", fährt die Frau hinter dem Zaun fort, die in ihrem Vorgarten seltene Bio-Wiesenkräuter zieht, nur mit Regentonnen bewässert und von einem eigenen Hendlstall auf ihrer 180 Quadratmeter großen Gartenfläche träumt. „Ökologisch gesehen. Schlimmer noch als die CO_2-lastigen Kuh-Flatulenzen."

Cordula nickt nicht. Böse Pools? Sie würde gerade alles dafür geben, ihren Sommer sorgenfrei in einem Schwimmbecken mit türkisfarbigem Wasser zu verbringen. Am liebsten mit einer Luftmatratze in Jolly-Eis-Form, bunten Cocktails, die auf Pinterest so hübsch aussehen und die man niemals so hinbekommt, wenn man sie nachmacht, und dazu noch ein paar Bücher und ein Handy im Flugmodus. Und dann wäre es noch super, wenn man das alles ohne Nachbarn buchen könnte.

„Wie auch immer", geht's hinter dem Zaun weiter. „Als Architekt kann man sich's ja leisten. Dabei sind gerade die die größten Verbrecher. Schau dir an, was sie aus unseren schönen alten Schrebergärten gemacht haben. Alles abgerissen und ein verglastes Trafohäusl neben dem anderen hingepflanzt. Daneben laut rumorende Luftwämepumpen und das nennen sie dann die kubistische Interpretation zeitgemäßer Öko-Kleingartenwohnhäuser."

Jetzt nickt Cordula und glotzt stumm auf die Schilfmatten-Ritze, hinter denen sie den in einen bunten Bikini gestopften nachbarlichen Körper schemenhaft zu erkennen glaubt. Das mit den Häusern rundherum findet sie auch scheiße. Lauter uninspirierte Kasteln, dazu Rollrasen und Kirschlorbeerhecken. Ästhetisch ein Horror und ökologisch wertlos. Ihr eigenes Schrebergartenhaus ist noch eines aus den späten 1940er-Jahren. Primitiv-Architektur, wie man das genannt hat. Holz, Satteldach, Veranda aus altem Glas. Rundherum alte Bäume und Sträucher. Ein Stück

Wiener Kulturgut voller Bienen, Schmetterlinge, Igel und Vögel. Als wäre die Zeit stehengeblieben.

„Egal“, seufzt die Nachbarin. „Mich wundert’s eh, dass der schon wach ist. Nach der Party von gestern wäre ich tot. Da ist es ja richtig abgegangen. Der hat dieses Jahr sogar eine eigene DJane gehabt! Kein Wunder, dass sich seine Frau von dem hat scheiden lassen.“

In Cordulas Kopf formieren sich seltsame Bilder.

„Ich gehe jetzt wieder. Mir ist heiß. Du hast es gut. Du hast ein Biotop. Da kann man wenigstens die Zehen reinhängen.“

Biotop.

Zehen.

Cordula wird von ihrer zusammengeträumten Luftmatratze im türkisen Pool und der gedanklichen Meditation über die heile Welt alter Schrebergärten in die Realität katapultiert. Wie konnte sie das nur für eine Sekunde vergessen!

Sie schielt zur weißen Zehe und hofft, dass alles nur eine Hitze-Fantasie gewesen ist. Einfach alles. Am besten ihr ganzes Leben.

„Also dann“, sagt die Nachbarin, „wenn du den Konrad siehst, sag ihm bitte, er soll nach Hause kommen.“

Angestrengt schließt Cordula die Augen und öffnet sie wieder.

Die Nachbarin ist weg. Die Zehe noch da. Kein guter Sommerstart.

Was zuvor geschah

Diplom-Ingenieur Markus, Architekt und staatlich befugter und beeideter Ziviltechniker, frisch geschieden, ist in der gesamten Döblinger Schrebergartensiedlung der König unter den Kleingartenwohnhausbesitzern. Er hat nicht nur das schönste Trafohäusl am Berg, sondern auch den größten Pool. Infinity. Also ohne Kanten, über den Hang hinausgebaut und mit der vorgegaukelten Weitsicht, direkt zum gegenüberliegenden Hügel schwimmen zu können. *Der Herr Architekt*, wie er von allen genannt wird, fällt auf. Mit seinem großen Haus, das er illegal über zwei Parzellen gebaut hat, seinem fetten SUV in der Einfahrt und seinen lauten Poolpartys im Sommer. Aktuell fällt er ganz besonders auf, weil er einigen Leuten im Bezirk für viel Geld Häuser geplant hat, die die Baupolizei nicht genehmigen will. Am Bauamt weiß man längst, dass der Herr Architekt fachliche Schwächen hat und seine Pläne aufgrund von Fehlern für Baugenehmigungen wertlos sind. Seine Auftraggeber jedoch, die wissen das nicht. Die wundern sich zwar, warum nichts weitergeht, aber der Herr Architekt kann gut vertrösten. Und weil sie es nicht wissen, zahlen sie seine Rechnungen für seine angeblich fertiggestellten Pläne und warten dann sehr lange auf einen Baubescheid, der niemals kommen wird. Freunde hat sich Diplom-Ingenieur Markus damit keine gemacht. Feinde dafür ausreichend.

Cordula hasst Poolpartys. Und sie kann Diplom-Ingenieur Markus nicht leiden. Warum sie dieses Jahr auf sein Sommerfest gegangen ist, war dem Umstand geschuldet, dass Cordula ein Auge auf den neuen Nachbarn von gegenüber geworfen hat: Heinrich (Henry) Dreier. Chirurg in einer Privatklinik mit eigener Ordination. Deshalb hat sie die Einladung, die in ihr Postkastl gestopft war, dieses Jahr nicht desinteressiert im Altpapier entsorgt, sondern auf ihren kleinen Schreibtisch gelegt und das Datum in den Kalender eingetragen. Für den Chirurgen wollte sie eine Ausnahme machen und zumindest mal kurz vorbeischauen, nachdem sie gehört hatte, dass er hingehen würde. Niemals sonst hätte sie die durchgestylte Architekten-Liegenschaft betreten, um mit einem dekadenten Affen und seiner Gefolgschaft die Schönheit des Sommers zu feiern.

Eine halbe Stunde vor Partybeginn war bereits deutlich Beach-Musik zu hören. Für die Sommerparty extra aus Ibiza angereist war DJane Helly Fish, die die Gäste in die richtige Stimmung versetzen sollte. Während sich Cordula von der coolen Mucke begleitend anzog, hörte sie ihre Nachbarin in deren Garten herumätzen, die sich wie jedes Jahr über die bevorstehende sinnlose Party laut telefonierend bei einer Freundin beklagte. Ihr Ärger über die Unverfrorenheit des Herrn Architekten, bis in die Nacht hinein lärmend zu feiern, würde auch dieses Mal eskalieren. Denn um exakt 22 Uhr würde sie auch heuer die Polizei anrufen, um eine Anzeige wegen Ruhestörung loszuwerden. Wie immer wird die Polizei erst zwei Stunden später aufgetaucht sein und den Herrn Architekten verwarnen. Und wie immer ohne Konsequenzen. Das alles würde die Nachbarin aufgebracht beobachten und sie würde hilflos vor sich hin wüten, vielleicht auch wieder Gartenzwerge auf sein Auto werfen.

Dicht an die Hecke gedrückt, um nicht von ihr als Verräterin entdeckt zu werden, schlich Cordula ihren Garten entlang. Sie konnte noch ein „Irgendwann dreh ich dem Vogel den Kragen um" hören, bevor sie das Ende ihres Zaunes erreichte und durch ihr Tor auf die Straße schlüpfte.

Im selben Moment, in dem Cordula ihr Grundstück verließ, stand auch Heinrich (Henry) Dreier, der Chirurg, an seiner Gartentür und fummelte mit dem Schlüssel in seinem alten Türschloss herum. Es klemmte. Als er Cordulas Schritte hörte, sah er auf. Ihre Blicke trafen sich und sie musterten einander. Cordula grinste zuerst. Dann lachte der Chirurg auf. Für einen angenehmen Augenblick lang standen sie einander schmunzelnd gegenüber. Weiße Leinenhosen, weiße T-Shirts, beige Strohhüte mit schwarzen Bändern, goldene Sonnenbrillen. Cordula und ihr Partygrund im Partnerlook. Als hätten sie sich abgesprochen.

Das kann kein Zufall sein, dachte Cordula und nahm der Höflichkeit halber ihre Sonnenbrille ab. Heinrich (Henry) Dreier tat es ihr gleich und streckte ihr die Hand entgegen.

„Hallo. Ich bin der Neue. Henry Dreier."

Ich weiß, dachte Cordula und erwiderte den Händedruck.

„Witzig", sagte er amüsiert, „die Nummer mit dem Partnerlook hab ich auch noch nicht erlebt. Also, wenn das kein Zeichen ist ..."

Cordula nickte. Zeichen fand sie toll.

„Dann schauen wir mal, wo uns das Zeichen hinführt", erwiderte sie und beide genossen die mit Flirt aufgefüllte Atmosphäre, die das Sommerfest beim Architekten nicht mehr gebraucht hätte, um sich voll zu entfalten.

„Hey Partypeople!", kreischte es unangenehm aus den Lautsprechern des Architekten in den schönen Moment hinein. „Alle schon gut drauf? Ich habe euch ein paar coole Sounds aus Ibiza mitgebracht und ich würde mal sagen: Let's get the party started! Yeaaaah!"

Drei verlorene Stimmchen im Garten des Architekten erwiderten den Motivationsaufruf der DJane Helly Fish mit einem mickrigen *Yeaaah,* das sogleich verkümmerte.

Cordula und Henry sahen einander amüsiert an.

Na, das kann ja was werden, dachte Cordula und Henry Dreier zwinkerte ihr zu: „Na, das kann ja was werden."

Sie lachte und ihm gefiel es.

Gedanken lesen auch noch. Mindestens ein Doppelzeichen.

Das kaputte Gartentor des Chirurgen blieb unversperrt.

Hey Partypeople

In des Architekten Infinity-Pool trieben lustige, aufblasbare Schwimmtiere in Übergröße. Ein Schwan in Gold, ein Flamingo in Pink, ein Delphin in Silber, ein Pfau in Weiß mit bunten Federn. Auf dem Pfau rekelte sich ein weibliches Model in knapper Schwimmbekleidung. Auf dem Flamingo ein braungebranntes, durchtrainiertes, männliches Pendant. Vermutlich hielt Architekt Markus die Ausgewogenheit der Geschlechter für politisch korrekt und das sexistisch anmutende Ensemble für künstlerische Ästhetik. DJane Helly Fish thronte auf der Terrasse im ersten Stock und tanzte aufgedreht zu ihrer eigenen Musik. In einer Hand hielt die Dürre im engen, peinlich kurzen Sommerkleid einen bunten Drink, in der anderen ein Glitzer-Mikrofon, in das sie ab und zu irgendetwas hineinlaberte. Dazwischen lungerten ein paar Leute in wahllos verteilten Sitzsäcken herum. Andere standen an dekorierten Stehtischen, knabberten salzige Snacks und unterhielten sich. Mehrere Servicepersonen liefen uniformiert mit Tabletts umher und boten Getränke auf Silbertabletts an. Rosé-Champagner, Gin Tonic mit Gurkenscheiben, Wasser mit buntem Obst verziert. Dazwischen wurden eiskalte, feuchte Mini-Handtücher gereicht. Mit Minzeduft. Wie in einem exklusiven Hotel. Cordula schnappte sich einen Drink und ein Sandwich und war überrascht, wie viel Hollywood-Party-Scheiß in einen ehemaligen Schrebergarten passte, der mal ein Weinberg gewesen war.

„Ein kühles Feuchttuch, die Herrschaft?“, wurden Cordula und der Chirurg von einem blutjungen Serviceburschen gefragt und Cordula wusste nicht so recht, wie sie ihren bunten Cocktail in der rechten Hand, das Krabbenbrötchen in der linken und ihre Handtasche unter der Achsel eingeklemmt jonglieren sollte, um sich auch noch mit einem kalten Minzefetzen zu verwöhnen. Doch so weit kam sie nicht, plärrte auf der einen Seite wieder die Helly Fish ihr *Hey, Partypeople!* ins Glitzermikro und auf der anderen der Gastgeber: *Wo ist der Schampus? Hier gibt's was zu feiern! Love is in the air!*

Cordula und der Chirurg schauten zuerst zur DJane, die zu hundert Prozent etwas Illegales in ihrer Blutbahn hatte, und dann zum Gastgeber, der lässig eine Magnum-Flasche Champagner mit einem handgeschnitzten Jagdmesser köpfte, woraufhin das Grüppchen, das sich um ihn geschart hatte, ausgelassen zu johlen begann.

Spätestens jetzt wäre Cordula wieder gegangen, doch Henry Dreier schnappte ihr angenagtes Krabbenbrötchen und das Cocktailglas, ließ beides in ein Lavendelbeet fallen und zog sie auf die Terrasse neben dem Pool, die als Tanzfläche diente. In seinem Blick lag ein *Scheiß drauf, wir machen uns jetzt die geilste Party auf Kosten des Architekten-Trottels* und sie erwiderte *Als gäbe es kein Morgen. Wo ist der Schampus?! Hier gibt's was zu feiern! Love is in the air!*

Das war ungefähr das Letzte, woran sich Cordula erinnern konnte.

Wabi-Sabi mit Kater

Am nächsten Tag wachte Cordula auf. In einem fremden Bett. Weiße, duftende Bettwäsche aus leichtem Leinen, helle Vorhänge, die sich sanft bei jedem Luftzug bewegten.

Mühsam rappelte sie sich hoch und sah sich um. Ein geschmackvoll gestaltetes Schlafzimmer. Wabi-Sabi auf europäisch. Puristisch, aber gemütlich. Die wenigen Möbel gekonnt mit Teppich und hochwertigen Textilien kombiniert, ohne dass es allzu perfekt oder aufgesetzt wirkte.

Cordula schälte sich aus der Decke und setzte sich an den Bettrand. Sie war alleine und vollständig angezogen. Ihre Tasche, der Strohhut, ihre Sonnenbrille und Sandalen ordentlich neben einem Vintage-Fauteuil drapiert. Sie stand auf und wagte einen Blick aus der halb geöffneten Terrassentür. Im Haus vom Herrn Architekt war sie sichtlich nicht. Der hatte eine andere Aussicht. Das konnte nur bedeuten, dass sie bei Henry Dreier gelandet war. Aber wann? Und wie? Cordula konnte sich an nichts erinnern. Geräuschlos nahm sie ihren Kram und schlüpfte aus dem Schlafzimmer.

Der Rest des alten Hauses sah genauso schön aus wie das Schlafzimmer. Cordula wusste nicht, ob sie nach Henry rufen oder einfach verschwinden sollte. Der Morgen nach einer durchzechten Nacht war selten eine idyllische Situation. Aber sie wollte sich auch nicht wie eine Diebin nach Hause verdrücken, sondern der Wirklichkeit des neuen Tages stellen.

Henry war weder im Bad noch in der Küche. Er war auch nicht in seinem Arbeitszimmer oder im Garten. Cordula trat durch die Haustür ins Freie und sah sich um. Sein Auto stand in der Einfahrt geparkt. Sie ging ums Haus. Weit und breit keine Spur von ihm. Sie rief nach ihm. Zuerst zurückhaltend, dann etwas lauter. Keine Antwort. Letztendlich zog sie aus ihrer Tasche ihre private Visitenkarte und kritzelte etwas auf die Rückseite. Dann steckte sie das Stück Papier in einen Spalt der Haustür und verließ das Grundstück durch die unversperrte Gartentür. Noch nicht einmal neun Uhr, dachte Cordula, und schon affig heiß.

Mühsam schleppte sich Cordula den langen, schmalen Weg zu ihrem Haus hinauf. Ihr Kopf dröhnte, ihre Kleidung hing schlapp und stinkig an ihr herunter, ihr Make-up war verwischt. Der Glanz ihres gestrigen Auftritts im schicken, weißen Partnerlook-Sommeroutfit war vergangen. Jetzt sah sie aus wie ein Clown nach seinem letzten Auftritt.

Cordulas Sehnsucht nach einer Dusche und frischen Klamotten war übermächtig. Noch lieber würde sie sich, so wie sie war, einfach in ihr Biotop fallen lassen. Aber ihr Biotop war kein Schwimmteich. Es war ein dunkler Naturteich mit reichlich Bepflanzung für Frösche, Bergmolche, Libellen, Ringelnattern, durstige Vögel, Igel und Insekten. Dafür hatte sie ihn bauen lassen. Nicht für sich, sondern für Wildtiere in ihrem Garten. Sie sah das als ihren Beitrag für eine funktionierende Umwelt im ganz Kleinen. Für ihre eigene Abkühlung hatte sie sich vor einigen Jahren eine stylische Outdoor-Dusche mit Warmwasser installieren lassen, für die sie von ihren Freunden beneidet wurde. Aber vielleicht würde sie heute einfach eine Ausnahme machen? Einmal schnell ins Wasser springen und gleich wieder hinaus?

Cordula näherte sich dem Teich und entdeckte den Nachbarhund.

„Ff-ff-ff..."

Mit kurzen Schnüffelabständen schnupperte er am Rand des Biotops und ignorierte Cordula, die sich auf ihn zubewegte. Sie konnte nicht sehen, was ihn so faszinierte, und bückte sich zu ihm. Und wie ein zwergenhaftes Mahnmal ragte etwas aus dem dunklen Wasser. Als Cordula es entdeckte, erschrak sie und wich entsetzt zurück. Sie ließ ihr Zeug fallen und starrte auf die stille Wasseroberfläche ihres Biotops, während der Hund weiter schnüffelte.

„Ff-ff-ff..."

Cordula wurde blass.

Eindeutig eine Leiche.

„Hallo? Cordula?", drang die Stimme ihrer Nachbarin durchs Gebüsch und der Hund verzog sich.

Wer will schon eine Leiche im Biotop

Neben dem weiß gestrichenen Schrebergartenhaus, zwischen zwei Obstbäumen, steht immer schon eine Holzbank. Es ist jener Platz auf dem Grundstück, an dem es im Sommer am angenehmsten ist. Ein Stück idealisierte Welt im Halbschatten. Cordulas Freunde nennen es ein Paradies.

Cordula sitzt auf der Bank. Sie stellt sich das Paradies anders vor. Ihrer Auffassung nach gibt es keine Zehe, die aus ihrem Biotop herausschaut. Und auch keine Nacht mit Filmriss.

Jemand hat ihr eine Decke umgehängt und einen Kaffee in die Hand gedrückt. Uniformierte Polizeibeamte latschen über ihre Wiese und beraten sich. Sie sieht Absperrbänder und hört krächzende Wortfetzen aus Funkgeräten.

„Und? Schon eine Erinnerung zurück?“, wird sie von einem Typen in ziviler Kleidung gefragt und ein anderer sagt: „Geh bitte, lass sie.“

Dann setzt sich jemand zu ihr.

„Habe gehört, du hast die Leiche identifiziert“, sagt Chefinspektor Mike Leitner.

Cordula nickt.

Die Nachbarin gafft über den Zaun.

„Das ist ja nicht gerade deine erste Leiche“, spricht er weiter und schaut sie besorgt von der Seite an.

„Nein, aber die erste auf meinem Grundstück“, antwortet sie und nimmt einen kräftigen Schluck vom Kaffee.

Da tritt ein Uniformierter an sie heran und sagt: „Herr Chefinspektor, wir haben da vielleicht etwas.“

Mike Leitner steht auf und entschuldigt sich für einen Moment.

Cordula sieht zum Zaun und schaut ihre neugierige Nachbarin geradewegs an.

„Der Konrad ist noch immer nicht zu Hause“, ruft die zu ihr herüber und schielt besorgt zum Biotop, aus dem zwei Beamte von der Spurensicherung die aufgeweichte Leiche bereits herausgefischt und in einem Metallsarg deponiert haben.

Cordula schweigt.

„Bitte gehen Sie zurück in Ihr Haus und stören Sie nicht die Ermittlungen“, sagt ein Uniformierter zur Nachbarin, die sich nur unwillig verscheuchen lässt.

Mike Leitner ist zurück und setzt sich wieder auf die Bank.

„Hat sie euch heute um 22 Uhr wie jedes Jahr angerufen?“, fragt Cordula und deutet zum Nebengrundstück.

„Keine Ahnung.“ Chefinspektor Mike Leitner hebt ahnungslos seine Schulter. „He, Poldi, komm mal her!“ Ein junger Uniformierter tritt heran. „Hat euch die Wachtl von nebenan gestern Abend wie jedes Jahr um Punkt 22 Uhr angerufen?“

Der junge Streifenpolizist schüttelt den Kopf.

„Hm ... seltsam“, murmelt Cordula, „das macht die doch, seit der Architekt seine Partys feiert.“

„Ja, aber was soll die für ein Motiv haben?“

Wo ist Henry Dreier?

Chefinspektorin Cordula Voss gibt bei ihren Kollegen im Büro der Chefermittler zu Protokoll, woran sie sich erinnern kann. Sie ist mit dem neuen Nachbarn Heinrich (Henry) Dreier zur Poolparty von Architekt Luitpold Markus gegangen. Luitpold Vorname, Markus Nachname. Dort waren viele Gäste, außerdem Servicepersonal und zwei Models als lebendige Kunstinstallation. Eines weiblich, das andere männlich. Dazu stand auf der Terrasse die DJane. Künstlername Helene Fischer oder so ähnlich.

Es war eine ausgelassene Party. Sehr laut, mit sehr viel Alkohol. Sie hat mit Henry Dreier getanzt und sehr viel getrunken. Dann ein Filmriss. Die Erinnerung setzt erst wieder ein, als sie in Henry Dreiers Bett im Haus gegenüber von ihrem erwacht. Er selbst war nirgends zu finden. K.-o.-Tropfen schließt sie aus. Einfach gesoffen wie im Leben noch nie. Dann ist sie nach Hause gegangen. Als sie in den Garten gekommen ist, hat sie den Hund der Nachbarin gesehen, der auffällig beim Biotop herumgeschnüffelt hat. Sie ist hingegangen und hat die Zehe der Leiche entdeckt. Im selben Moment ist die Nachbarin an den Zaun getreten. Dabei ist sie fürchterlich erschrocken und ihr Hangover hat ihr körperliche Probleme gemacht. Um keinen Aufruhr zu erzeugen, hat sie sich unauffällig gegeben. Sie weiß ja, wie schamlos neugierig und sensationslüstern die Nachbarin ist. Als die sich endlich verzogen hatte, hat sie die Kollegen alarmiert. Grundsätzlich würde sie eine Leiche nicht aus der Fassung bringen, aber in ihrem eigenen Garten und nach so einer Nacht schon. Wie es dazu gekommen ist, dass die DJane tot in ihrem Biotop gelegen ist, kann sie sich null erklären. Schon gar nicht mit ihrem Kater.

„Helene Fusslinger aka DJane Helly Fish hat ihre Auftritte in Ibiza erfunden, um ihren bescheidenen Lebenslauf aufzupeppen. Hauptsächlich hat sie in ländlichen Tanzlokalen aufgelegt, manchmal auch privat bei Partys“, berichtet einer der jungen Kriminalkommissare seinen Chefleuten.

Chefinspektorin Cordula Voss und ihr Partner Chefinspektor Mike Leitner hören zu. Die Klimaanlage in ihrem Büro surrt unangenehm. Cordula, geduscht und in frischer Kleidung, wirft sich zwei Kopfschmerztabletten ein und trinkt ihren dritten Espresso mit Eiswürfeln.

„Die war sicher ziemlich auf Drogen", sagt sie beiläufig und fächert sich mit einem Polizeifolder Luft zu. „War komplett überdreht mit ihrem Glitzer-Mikro."

„Die Kollegen aus Meidling haben mittlerweile mit ihren Eltern gesprochen", berichtet der junge Kriminalkommissar weiter, „und die haben gesagt, sie hätte einen neuen Freund gehabt. Einen älteren mit einem Haus in einer Kleingartensiedlung. Mehr wüssten sie auch nicht."

„Der Herr Architekt", murmelt Cordula.

„Oder vielleicht dein Chirurg?", sagt Mike Leitner.

„Warum mein Chirurg? Glaubst, der denkt: Super, das ist die Gelegenheit. Da steht meine Nachbarin vor meiner Tür, da könnte ich eigentlich bequem morden und dann geht er mit mir auf die Party, nimmt mich danach mit und während ich im Nirwana bin, schleicht er sich davon, erwischt die DJane mit dem Architekten im Bett, murkst sie aus Eifersucht ab und deponiert sie in meinem Biotop, damit der Verdacht auf mich fällt?"

Cordula schaut ihre beiden Kollegen fassungslos an, deren Blicke sich schlagartig erhellen.

„Das war zwar etwas wirr formuliert, aber der Fall ist gelöst!", ruft Mike Leitner und springt von seinem Sessel auf. „Der Arzt ist der Mörder! Das klingt alles komplett plausibel."

„Was? Du spinnst ja."

Cordula steht auf und zeigt Mike den Vogel.

„Ich gehe jetzt."

„Wohin gehst du? Wir müssen den Fall lösen und den Dr. Dingsbums finden."

„Den Dr. Dreier. Richtig. Und genau das mache ich jetzt."

Am Weg nach Hause kann Cordula kaum einen geordneten Gedanken fassen. Die Außentemperaturanzeige ihres Autos zeigt 34 Grad. Cordulas Kreislauf ist wegen des Katers, der Hitze, der Schmerztabletten und der vielen Kaffees komplett hinüber. Sie dreht die Klimaanlage auf 18 Grad hinunter und versucht, ruhig zu atmen. Immer und immer wieder geht sie ihre Erinnerungen durch, in der Hoffnung, etwas Neues zu entdecken. Kann es tatsächlich sein, dass Henry Dreier die DJane gekannt hat? Oder dass es ein Naheverhältnis zwischen ihr und dem Architekten gegeben hat? Hatte sie die beiden irgendwann irgendwo gesehen? Den Architekten auf der Terrasse beim DJ-Pult? Den Chirurgen mit jemandem anderen? Weiß Henry, dass sie eine Kriminalkommissarin ist?

Cordula findet keine einzige Antwort.

Sie bemerkt kaum, dass sie ihren Parkplatz erreicht hat. Mit laufendem Motor steht sie einige Minuten da und starrt vor sich hin. Plötzlich klopft jemand an ihr Autofenster. Erschrocken greift sie intuitiv und blitzschnell zu ihrer Waffe, die sie versteckt trägt. Der dritte Adrenalinstoß fühlt sich nicht besser an als die ersten beiden zuvor. Ihr Herz flattert. Als sie den Anklopfenden erkennt, atmet sie hörbar aus. Neben ihrem Auto steht ihre Nachbarin. Cordula steigt aus. Die brütende Hitze überfällt sie.

„Weißt du schon das Neueste?", fragt die Nachbarin und Cordula vermutet, dass sie gleich von ihrer Leiche in ihrem Biotop erfährt, von der sie jetzt auch wüsste, wer sie sei.

„Die schlechte Nachricht zuerst", sagt die Nachbarin. „Konrad ist noch immer nicht zu Hause."

„Das tut mir leid", lügt Cordula.

„Und jetzt die gute. Der Herr Architekt ist tot."

Auf einmal ist Cordula hellwach und glasklar. Luitpold Markus ist tot? Wie das jetzt? Und warum wurde sie nicht sofort informiert? Wo ist eigentlich ihr Handy?

Cordula klettert in ihr Auto, fischt ihre Tasche vom Beifahrersitz und kramt ihr Mobiltelefon hervor. Es ist off. Die Akkuladung hatte die vergangenen 24 Stunden ohne Ladekabel nicht geschafft.

„Sie haben ihn in seinem dekadenten, apokalyptischen Pool gefunden. Gesicht nach unten", ereifert sich die Frau und zeigt ihre Freude darüber ganz offen.

„Wann war das?", fragt Cordula und versucht, Einsatzfahrzeuge zu erspähen.

„Vor ein paar Minuten. Die Polizei ist gerade vors Haus gefahren. Ich würde mir mal die Ex vorknöpfen."

Während Cordula zur Architektenvilla hetzt, kommt sie nicht umhin, permanent an Henry Dreier zu denken. Die zweite Leiche und weit und breit kein Chirurg. Du bist verdammt verdächtig, denkt sie und könnte sich dafür ohrfeigen, die Nacht bei einem fremden, vielleicht hochgefährlichen Mann verbracht zu haben. Vielleicht waren doch K.-o.-Tropfen oder andere Substanzen im Spiel gewesen? Immerhin ist Henry Dreier Arzt und hat Zugriff auf unterschiedliches Zeug. Cordula ist verunsichert und wütend zugleich. Mit Laufschwung biegt sie um die Ecke der drei Meter hohen Kirschlorbeerhecke, die das Haus von Architekt Luitpold Markus von der schmalen Straße abgrenzt. Henry Dreier gehört dringend verhört, Henry Dreier gehört dringend verhört, wiederholt ihr Geist permanent wie ein Mantra. Plötzlich eine Wand. Ungebremst kracht Cordula gegen einen durchtrainierten, schweißnassen Mann mit Nordic-Walking-Stöcken. Die Wucht des Aufpralls wirft Cordula um. Sie landet weich in einem schmalen Staudenbeet. Dreißig eng gesetzte Grasnelken in Pink haben sie sanft aufgefangen.

„Oh Gott, es tut mir so leid", hört Cordula dumpf eine bekannte Stimme. „Hast du dir wehgetan?"

Dämmrig versucht sie, die schemenhaften Umrisse des Mannes, der sich nun halb über sie gebeugt hat, zu einem ganzen Menschen zusammenzusetzen. Die Sonne knallt ihr ins Gesicht, sie kann nichts erkennen.

„Cordula? Kannst du mich hören? Ich bin's, Henry. Wie viele Finger siehst du? Kannst du mir sagen, welcher Tag heute ist?"

Bevor Cordula antworten kann, wird Henry unsanft von ihr fortgerissen und von zwei uniformierten Kollegen auf den Boden geworfen und fixiert.

„Alles in Ordnung, Frau Chefinspektorin?", fragt einer von ihnen.

„Frau Chefinspektorin?", würgt Henry Dreier seine Verwirrung unter einer Uniform hervor.

„Ja, Chefinspektorin Cordula Voss, Kriminalpolizei", sagt der andere. „Und Sie sind?"

„Dr. Heinrich, Henry, Dreier", antwortet Cordula. „Ein- oder zweifacher Mörder, mit oder ohne Alibi oder einfach nur Chirurg, mit oder ohne K.-o.-Tropfen."

Sorry, sorry, sorry

Fein säuberlich legt Henry, ein- oder zweifacher Mörder, mit oder ohne Alibi, oder einfach nur Chirurg, mit oder ohne K.-o.-Tropfen, seine nach der Fixierung verdreckten Kleidungsstücke auf einen Gartenstuhl und untersucht seinen Körper.

„Du schaust gar nicht aus wie eine Polizistin."

Cordula schaut ihm beschämt zu.

„Schaut nicht gut aus", sagt sie, „das sind morgen sicher blaue Flecken. Sorry für die Kollegen. Und sorry, dass ich dich verdächtigt habe. Doppel-Sorry."

„Schon gut", grinst der Chirurg. „Ich kann dich verstehen.

Du wachst in einem fremden Haus auf, niemand da und dann übersiehst du – als Chefinspektorin der Kriminalpolizei – meine handgeschriebene Nachricht neben dem Glas Wasser mit meinem Spezial-Anti-Kater-Mittel, die große Portion Müsli mit frischen Beeren aus meinem Garten, die frisch aufgebackenen, warm gehaltenen Croissants und die Ladung Kaffee in der Thermoskanne, die ich noch in der Nacht, vor meinem Dienstantritt, für dich auf den Esstisch gestellt habe. Ich wusste ja nicht, wann du aufwachst. Aber ich nehme an, das würde ein Mörder nicht machen? Oder macht er es genau deswegen, weil Verschleierung? Ich kenne mich da nicht so aus."

„Oh Mann ... alleine wenn du das aufzählst ... Nachricht, Wasser, Müsli ... wie konnte ich das nur übersehen."

Cordula vergräbt das Gesicht in ihren Händen und schüttelt den Kopf. „Mindestens Dreifach-Sorry ... was stand eigentlich auf dem Zettel drauf?"

Gerade als Henry antworten will, verlautet das Quietschen seiner Gartentür, dass jemand den Garten betritt. Cordula sieht ihren Kollegen Mike Leitner auf sich zukommen, der sie bittet, mit ihm zu kommen. Es gebe neue Erkenntnisse.

In der Umgebung kann man die Aufregung über die beiden Leichen im Kleingarten förmlich spüren. Nachbarn spähen über ihre Zäune. Manche argwöhnisch, andere neugierig, einige ängstlich. Die ungewöhnliche Stille lässt Raum für weitentfernten Straßenlärm, der sich dumpf wie eine Dunstglocke über den Kleingartenhügel legt. Hier Erkenntnisse auszutauschen, ist kein guter Platz. Jeder hört alles. Etwa fünfzig Meter von Henrys Haus entfernt steht Mikes Dienstfahrzeug im Schatten einer riesigen Tanne geparkt. Cordula klettert auf den Beifahrersitz. Mike startet den Motor und die Klimaanlage.

„Warum ist der Chirurg nicht mehr verdächtig?", fragt er. „Ich hab den Bericht noch nicht gelesen, nur gehört, dass er sauber ist."

„Er hat in der Nacht Dienst gehabt", sagt Cordula. „Unendlich viele Zeugen."

„Der geht besoffen nach einer Gartenparty operieren? Na danke."

„Nein. Besoffen war nur ich. Und er war übrigens längst in der Klinik, als die DJane zu Tode gekommen ist. Da hat er gerade einen Blinddarmdurchbruch operiert."

„Und warum bist du in seinem Haus aufgewacht?"

„Weil es ihm unangenehm gewesen wäre, mein Haus aufzusperren und mich dort einfach abzuladen. Also hat er mich in sein Bett gelegt und mir noch vor seinem Dienstantritt in der Nacht ein schönes Frühstück zubereitet."

„Hm ... romantisch eigentlich ... bis auf die Nordic-Walking-Stöcke."

„Er geht zu Fuß in die Klinik", sagt Cordula, die sich die Nordic-Walking-Stöcke mit dieser Tatsache ein Stück weit schönredet.

„Bei der Hitze?"

„Also, die Neuigkeiten." Cordulas Blick wird ungeduldig.

„Okay, egal. – Die Ex-Frau vom Architekten wohnt auch hier. Wusstest du das?"

„Ah die wohnt hier? Meine Nachbarin hat sie erwähnt und gemeint, wir sollen uns die mal vorknöpfen."

„Ja, und jetzt kommt's noch besser. Sie wohnt direkt hinter dir. In dem neu gebauten Haus. Ob sie verdächtig ist, wissen wir noch nicht, aber wir wissen, dass dein anderer Nachbar eine Wildkamera installiert hat, und zu dem gehen wir jetzt fernsehen."

Der Blockbuster auf der Wildkamera

Cordula, Mike Leitner und der Nachbar mit der Wildkamera staunen nicht schlecht, was sie auf dem Video zu sehen bekommen. DJane Helli Fish aka Helene Fusslinger rennt im Glitzerbikini dem Herrn Architekten nach, der seiner Ex nachrennt, die wiederum dem verschwundenen Konrad nachrennt.

„Bitte, was ist das?", fragt Cordula und schaut Mike und den Nachbarn mit der Wildkamera ungläubig an. „Ringelpiez mit ohne Anfassen?"

Die Männer heben ahnungslos ihre Schultern.

„Und warum rennen die alle dem Konrad nach?"

„Wer ist der Konrad?", fragt Mike.

„Der Hund von der Nachbarin", sagen Cordula und der Nachbar mit der Wildkamera gleichzeitig.

„Na, wenigstens lebt er noch", sagt der Mann.

„Wer?", fragt Mike Leitner.

„Na der Konrad. Der war doch weg."

Der Besuch beim Nachbarn mit der Wildkamera hat Cordula auf eine Idee gebracht.

„Bevor wir zur Architekten-Ex gehen, schauen wir noch da rüber." Sie deutet zu einem kleinen Wiesenweg, der zu einigen alten Schrebergartenhäusern führt. „Mir ist da etwas eingefallen."

Sissy Markus, Life- und Liebes-Coach, Ordination nach Vereinbarung steht auf dem Schild oberhalb des Klingelknopfes, auf den Cordula ihren Finger drückt, nachdem sie und Mike Minuten zuvor eine fulminante Entdeckung gemacht haben. Es dauert einen Moment, bis eine mittelgroße, mittelblonde, mittelalte Frau in wallendem Gewand die Haustür öffnet und sie skeptisch mustert.

„Frau Markus, wir sind von der Kriminalpolizei, bitte öffnen Sie das Gartentor", sagt Mike Leitner amtlich, woraufhin die Gittertür surrt und von selbst aufspringt.

Cordula und ihr Kollege gehen einen geschwungenen Weg entlang, der, von niedrigen Rosen und Lavendel flankiert, zum Fertigteilhaus führt.

„Ich nehme an, Sie kommen nicht unangemeldet zur Paartherapie?", fragt Frau Markus mit ausdruckslosem Gesicht und tritt ein Stück zurück, um die Polizei eintreten zu lassen.

„Eher nicht. Ich weiß nicht, ob wir bei Ihnen gut aufgehoben wären", murmelt Mike Leitner und lässt Cordula den Vortritt.

Sissy Markus' Haus wirkt wie das Zwillingshaus ihres Ex-Mannes. Nur zwergförmiger. Cordula wandert langsam durch den offenen Wohnraum. Erstaunlich, denkt sie, freiwillig ist Frau Markus sichtlich nicht die Ex-Frau vom Herrn Architekten geworden. Sämtliche Wände, Kommoden und Regale sind bestückt mit Fotos der Eheleute aus guten Zeiten.

„Frau Markus", sagt Cordula, während sie aufmerksam von Bild zu Bild zieht. „Wir haben ein interessantes Video einer Wildkamera gesehen, auf dem allerhand Leute einander gestern Nacht nachgelaufen sind. Eine davon sind Sie."

Cordula kann Frau Markus, die nicht antworten möchte, schlucken hören.

„Ich finde ja das zweite Video einer Überwachungskamera noch viel interessanter", sagt Mike Leitner. „Vor allem die Stelle, an der Sie eine sichtlich panische Helly Fish ein paar Minuten später durch Ihren Garten verfolgt haben. Sie wusste sich anscheinend nicht anders zu helfen, als über den Zaun auf das Grundstück meiner Kollegin zu flüchten. Wussten Sie eigentlich, dass Ihr Nachbar Ihren Garten filmt?"

Vor einem Foto, das Herr und Frau Markus besonders innig zeigt, bleibt Cordula stehen. Intuitiv nimmt sie den Bilderrahmen in die Hand und dreht ihn um.

„Bis in den Tod, das schwöre ich dir, dein L.", liest sie laut vor.

Plötzlich bricht es aus dem Life- und Love-Coach heraus: „Das war unser schönster Sommer, bis dieser Ibiza-Trampel mit ihrem Glitzerscheiß und ihren Partydrogen aufgetaucht ist! Wir hatten alles! Und ich einen Infinity-Pool!"

Cordula und Mike Leitner sehen einander siegessicher an.

„Frau Markus, ich sage Ihnen, wie es gewesen ist", sagt Cordula. „Die Party Ihres Ex-Mannes, die man bis zu uns herübergehört hat, hat Sie unendlich wütend gemacht. Das war für Sie reine Provokation. Sein neues Leben in vollen Zügen, die neue Liebe am DJ-Pult. Sie sind, nachdem es still geworden ist und die Party vorbei war, zu ihm hinüber, haben die beiden im Bett erwischt und es gab einen Riesenstreit. Dann sind Sie weggelaufen, Ihr Ex-Mann Ihnen hinterher. Dem ist wiederum die Neue nachgelaufen, die vielleicht Angst hatte, dass Sie beide wieder zusammenkommen. Denn warum läuft er Ihnen nach? Sieht ja so aus, als hätte er doch nicht ganz abgeschlossen mit der Beziehung."

Frau Markus' Augen füllen sich mit Tränen.

Eisern glotzt sie zu Boden.

„Und dann", fährt Mike Leitner weiter fort, „sind alle in Ihrem Haus gestanden und der Streit ging weiter und ist eskaliert. Sie haben dann die DJane bedroht, woraufhin die panisch in Ihren Garten geflüchtet ist. Es war Zufall, dass sie genau das Nachbargrundstück gewählt hat, das meiner

Kollegin gehört. Dort ist sie über den Zaun. Sie sind ihr nach. Vor dem Biotop geht der Streit weiter. Sie geben der Nebenbuhlerin, die eine ausgewählte Selektion an Partydrogen intus hat, einen ordentlichen Rempler, die fliegt mit dem Kopf gegen den kleinen Holzsteg und dann: *platsch.*"

Cordula kann an Frau Markus' Gesicht erkennen, dass sie mit ihrer Analyse richtig liegen.

„Aber es geht noch weiter. Denn plötzlich stand Ihr Mann neben Ihnen", sagt Cordula. „Vielleicht konnten Sie ihn noch beknien, nicht gleich zur Polizei zu gehen, nachdem seine Neue regungslos im Wasser trieb und anscheinend gleich tot war. Vielleicht haben Sie ihn auch erpresst, weil Sie von seinen unsauberen Geschäften, nämlich den fehlerhaften Planungen, wussten. Doch am nächsten Tag war Ihnen das zu heiß. Sie waren sich nicht sicher, ob Ihre Erpressung funktioniert."

„Und deshalb sind Sie noch mal zu ihm ins Ex-Haus und haben Ihren Ex-Mann in Ihrem Ex-Infinity-Pool ermordet, weil Sie Angst hatten, dass er Sie doch noch verrät. Dabei haben Sie ihm einen schweren Gegenstand über den Schädel gezogen und ihn ins Wasser geworfen", beendet Mike Leitner die Zusammenfassung der Tathergänge.

Frau Markus sinkt in sich zusammen. Einsatzfahrzeuge rasen heran. Das Spiel ist aus.

Cordula und Mike Leitner sehen zu, wie sich das Polizeiaufgebot einige Zeit später allmählich auflöst. „Origineller

Sommerstart", sagt Cordula. Bleibt eigentlich nur eines offen. Warum ist der Konrad vor der ganzen Meute davongerannt?"

Für andere würde es nicht gut zusammenpassen. Zwei Leichen und ein wunderschöner Sonnenuntergang mit Picknickdecke und Ausblick an ein und demselben Tag. Doch für Cordula und Doktor Dreier schon.

„Und dann?", fragt Henry Dreier mit vollem Mund, während er sich ein Glas Wein einschenkt und nebenbei ein Liptauerbrot mampft.

„Dann hat sie alles zugegeben."

„Arg ... und der Konrad?"

Cordula zuckt mit den Achseln.

„Der Konrad ... der ist wahrscheinlich einfach nur nach Hause gelaufen", sagt Henry mit entwaffnender Selbstverständlichkeit und beißt von seinem Brot ab.

Einige Nachbargärten weiter springt jemand mit einem lauten Stöhnen der Erleichterung in seinen Pool. Der dumpfe Platscher schallt durch die tropische Abendstille der Döblinger Kleingartensiedlung.

Cordula schaut Henry an. „Und? Was stand jetzt eigentlich auf deinem Zettel drauf.

A Haße und a Krokodü oder die Spaghettisierung der Lilo W.

von Claus Schönhofer

Kapitel 1
Die Spaghettisierung der Lilo W.

Sie stürzte dem Lichtfleck inmitten der Dunkelheit entgegen. Sie stürzte in die Tiefe und tiefer und kam doch dem Licht nicht näher. Das Schwarz bildete eine Röhre, in die sie hineingezogen wurde, mit den Füßen voran, der Rest von ihr wurde durch eine unsichtbare Kraft zurückgehalten, die Beine dehnten sich wie Gummi, sie sah ihre Füße ins Wasser eintauchen, konnte das Platschen noch nicht hören, so weit waren ihre Ohren noch entfernt, in den Ohren fing sich der Wind, klang wie eine Melodie aus Techno, auf Harfe gespielt. Als würde sie ein Spaghetto mit den Lippen einsaugen, wurde sie von dem schwarzen Loch eingesogen, verschwand in dem heißen Pudding, verlor die Fähigkeit, einzuatmen, sie würgte die flüssige Luft in sich hinein, ihr Kopf dehnte sich, schrumpfte plötzlich und implodierte mit einem geräuschlosen Knall.

Kapitel 2
Arrabiata

Der von einigen großen Sonnenschirmen beschattete Schanigarten des kleinen Innenstadtitalieners ist kurz vor 12 Uhr noch fast leer. Kommissarin Andrea Vondrakna sticht ihre Gabel in die Mitte des Berges Spaghetti Arrabiata auf ihrem Teller, dreht sie elfmal um die Achse, wickelt dabei beinahe die gesamte Pasta auf. Noch während sie die Gabel zum Mund führt, rutschen die Nudeln von derselben. Vondrakna schnappt reflexartig zu, erwischt gerade noch ein Nudelende mit den Lippen, saugt fest gegen die Schwerkraft, die Nudel scheint immer länger zu werden, die Nudel verschwindet nur langsam nach und nach in ihrem Mund, Vondrakna zuzelt fester, gegen Ende versetzt sich die Nudel in eine Rotation, dreht sich, als würde sie sich in Panik befreien wollen, dabei die würzige rote Soße in alle Richtungen verspritzend. Vondraknas Gegenüber hält seine Serviette schützend vor sein Hemd, mit einem „Schlurp" verschwindet die Nudel endlich endgültig im Mund. Vondarkna ist erschöpft, aber erleichtert.

Kriminalkommissaranwärter Rudolf Fessna lässt die Serviette sinken, schaut seine Chefin durch die Klekse von Arrabiatasoße auf seiner Brille teils vorwurfsvoll, teils resignierend an. „Deshalb hab ich ja gesagt, du sollst die Pizza nehmen."

Vondrakna ignoriert seine Bemerkung und wischt sich die Arrabiata-Spritzer von den Wangen und der Nasenspitze. „Ich verstehe nicht, wieso die Nudeln immer länger werden, wenn man versucht, sie in den Mund zu zuzeln."

„Das nennt man Spaghettisierung", sagt Fessna.

Vondrakna schaut ihn an. „Aha?"

Fessna erklärt, nimmt dabei Wikipedia auf seinem Handy zu Hilfe:

„Als Spaghettisierung oder Spaghetti-Effekt wird die Verformung eines Objekts bezeichnet, das in die Nähe zu einem schwarzen Loch gerät. Schwarze Löcher sind diese massereichen Objekte im Universum, die alles verschlingen, was ihnen zu nahe kommt. Vom Stern bis zum einfachen Astronauten."

„Und Spaghetti", sagt Vondrakna.

„Ja, auch", sagt Fessna. „Je kürzer der Abstand zum Loch, umso größer die Anziehungskraft. Wenn man also mit den Füßen voran in so ein Schwarzes Loch springen würde, werden die Füße stärker angezogen als der Rest des Körpers. Das heißt, dass erst die Füße, dann die Beine immer tiefer in das Loch eingesogen werden, während der Rest des Körpers noch draußen ist. Der Mensch wird in die Länge gezogen, immer dünner werdend, bis er einer Spaghetti-Nudel gleicht und schließlich auseinanderreißt."

Vondrakna hat nur mit einem halben Ohr zugehört und inzwischen noch ein paar Nudeln unter Verspritzen von Soße inhaliert. „Aha", sagt sie.

„Der Begriff der Spaghettisierung stammt übrigens von Stephen Hawking *(Eine kurze Geschichte der Zeit, 1988)*", fügt Fessna noch abschließend hinzu, als sein Handy singt: *„Atemlos …"*

Vondrakna reagiert ärgerlich. „Bitte nicht als Klingelton!"

„Aber du magst doch die Helene Fischer", zeigt sich Fessna verwundert.

„*Mögen* ja, aber definitiv …" Vondrakna wird unterbrochen.

Handy: *„Atemlos …"*

„… nicht als Klingelton. Das nervt", setzt Vondrakna fort.

„Atemlos …", singt Helene erneut.

„Jetzt heb endlich ab!"

Fessna hat schon abgehoben, hebt seinen Finger, um der Chefin zu deuten, dass es wichtig ist. „Ja … sie hat das Handy beim Essen immer aus … ja, ich sag's ihr … ja wir kommen." Er legt auf.

„Wo?", fragt Vondrakna, während sie schon aufsteht und dem Kellner, der gerade dabei ist, die mit Vondraknas Arrabiatasoße gesprenkelten Tischtücher auszuwechseln, deutet, er soll das Essen wie immer aufschreiben.

„Donaukanal. Auf Höhe Urania."

Kapitel 3
Die Tote und das Krokodil

Die Leiche einer jungen Frau liegt aufgebahrt auf den Steinbrocken der Uferbefestigung des Donaukanals, direkt unterhalb der Urania. Ein Bild wie von einer Zeremonie, bei der die alten Azteken mit dem Opfer einer Jungfrau die Götter gütig stimmen wollten. Nur halt nicht im Dschungel von Mexiko, sondern mitten in Wien. Ein großer Drillingshaken eines goldfarbenen künstlichen Angelköders steckt wie ein groteskes Piercing in ihrer Nase.

„Liselotte Wurzgruber. Dreiundzwanzig Jahre alt. Ein Fischer hat sie ans Ufer gezogen. Erst hat er geglaubt, er hat einen kapitalen Karpfen an der Angel“, berichtet die Polizistin. „Dann hat er schön geschaut, wie er gesehen hat, was er da gefangen hat.“ Sie deutet in Richtung Leiche.

„Karpfen hat er gesagt?“, fragt Vondrakna.

„Ja, hat er gesagt.“ Um sicherzugehen, prüft die Polizistin ihre Notizen. „Karpfen.“

„Hm“, sagt die Kommissarin. Dann fokussiert sie ihren Blick wieder auf die Polizistin. „Ich kenn’ Sie. Von der Leiche auf dem Parkplatz an der Höhenstraße. Sie sind die Kollegin mit dem scharfen Blick. Sie haben damals eine wichtige Spur entdeckt.“

Die Polizistin nickt und freut sich, dass sich die Kommissarin an sie erinnern kann.

„Sie wollten zur Spurensicherung. Und? Wann ist es so weit?“

„Hoffentlich bald. Nach dem Sommer“, antwortet die Polizistin.

„Und? Warum bin ICH hier? Warum die Mordkommission?“

Die Polizistin räuspert sich. „Also, wenn ein junges Mädchen im Donaukanal ertrinkt … ist kaum ein paar Stunden her … also es muss schon hell gewesen sein …“

„Vielleicht ein Badeunfall“, mischt sich Fessna ein. „Bei der Hitze springen die Kids gerne von einer Brücke ins Wasser, verboten zwar, aber wenn's dermaßen heiß ist …“

„Aber nicht im Gewand mit Handtasche“, sagt die Polizistin.

„Die Todesursache?“, fragt Vondrakna.

„Vielleicht ein Krokodil?“, tönt es aus Richtung der Leiche. „Ein Krokodil zu viel.“

Der Kollege von der Spurensicherung winkt mit einem Plastiksäckchen.

„Ecstasy. Pillen mit einem Krokodil drauf. Wie auf den Tennisshirts. La Kotz haha! Haben wir in ihrer Tasche gefunden.“

„Sicher Ecstasy?“, fragt Vondrakna.

„Ich gehe jetzt mal davon aus. Antibabypillen sind das sicher keine. Und *Fisherman's Friends* auch nicht“, scherzt der Spusi-Kollege.

„Und deswegen“, sagt die Polizistin. „Wegen der Drogen. Deswegen glaube ich, dass da mehr dahintersteckt.“

„Ein Sprung im Drogenrausch?“, überlegt Fessna. „Wäre naheliegend.“

„Schon, ja, möglich. Auch möglich. Aber ein Sackerl voll mit Pillen, das sind, jetzt mal grob geschätzt, ein paar Hundert", sagt die Polizistin.

„Da gebe ich Ihnen recht", sagt Vondrakna. „Das sind ein bisschen viele für eine Person."

„Eine Dealerin?" Fessna meint, da einen guten Ansatz gefunden zu haben.

Vondrakna wiegt den Kopf zweifelnd hin und her. „Ich weiß nicht. So ein junges Mädchen, eine Dealerin, ich weiß nicht. Wo kann sie die herhaben?"

„Tschuldigen Sie, hallo Sie!", ruft ein Mann in abgerissener, verdreckter Kleidung mit alkoholschwangerer Stimme. Offensichtlich ein Obdachloser, Sandler hätte man früher gesagt. Er steht hinter dem Absperrband, das den Tatort vor neugierigen Spurenverunreiniger*innen schützen soll, und winkt die Kommissarin zu sich. „Es warat, es wäre wegn dem Krokodü!"

Vondrakna schenkt ihm ihre Aufmerksamkeit.

„Tschuldigung, ich habe nicht mithören wollen, aber ich habe so gute Ohren, da hab ich unabsichtlich gehört, dass Sie wissen wollen, wo es hier Krokodü gibt." Der Mann bemüht sich, halbwegs nach der Schrift zu lallen. „Für an Zehner sag ich Ihnen, wo Sie die besten Krokodü, Krokodile, der Stadt bekommen."

Vondrakna schaut in fragend an. Der Mann streckt ihr die Hand entgegen. Vondrakna zieht einen Zwanzig-Euro-Schein aus ihrer Tasche. „Können Sie wechseln?"

„Sicha", antwortet der Mann, greift in seine Tasche, holt einen Zehner raus und reicht ihn der Kommissarin. „Beim Würschtl-Poldi. Gehn Sie zum Poldi, der hat die besten Krokodile. Glei drüben beim Schwedenplatz, sagen Sie ihm, Sie kommen von mir, dann macht er Ihnen einen guten Preis."

Fessna startet los. „Bin schon unterwegs!" Er geht im Schnellschritt Richtung Würstelstand. Vondrakna und die Polizistin schauen ihm nach.

„Sportlich, sportlich, der junge Mann. Hoffentlich trifft ihm bei der Hitz net der Schlag", sagt der verwahrloste Informant.

Kapitel 4
Silent Dancing

„Wo würden Sie abtanzen, wenn Sie so richtig gut drauf sind?", fragt Vondrakna die junge Polizistin.

„In dieser Gegend? Gibt nicht so viel. Vor allem bei Hitze. Das hält kein Mensch lange in einem Club aus."

Vondrakna fasst zwei junge, erschöpft wirkende Mädchen mit derangierter Frisur und verschmiertem Make-up und Kopfhörern um den Hals hängend, die auf sie zukommen, ins Auge. Vondrakna macht ein paar Schritte auf sie zu, wechselt einige Worte mit den beiden und kehrt zur Polizistin zurück.

„Flußaufwärts, am anderen Ufer. Gemma zu Fuß?"

Die Polizistin nickt und geht mit der Kommissarin über die Aspernbrücke auf die Seite des 2. Bezirks. Sie schlendern langsam die Uferpromenade entlang, weichen schwitzenden Laufenden aus. „Laufen bei 35 Grad?“ Die Polizistin greift sich an den Kopf. Aber ganz langsam. Weil jede unnötige Bewegung erzeugt Schweißausbruch. Vondrakna schüttelt den Kopf. Auch ganz langsam. Weil eh auch wegen Schweißausbruch.

Menschen tragen kurze Hosen, Sandalen, ärmellose Shirts, Sonnenbrillen, haben rote Gesichter und sind allesamt verschwitzt. Schatten ist rar entlang des Donaukanals in der City.

Schon von Weitem offenbart sich Vondrakna und der Polizistin nahe der Salztorbrücke ein seltsames Bild. Tanzende Menschen. Junge Frauen und Männern schütteln sich in rasendem Rhythmus zu unhörbarer Musik. Beim Näherkommen und genauem Hinsehen sehen die beiden Beamtinnen, dass alle Tanzenden Kopfhörer tragen. In-Ears oder Over-Ears. In Ekstase tanzen sie zu den Beats, die der DJ auf seinem Pult unter einem großen Sonnenschirm zusammenmischt. Niemand rundherum kann sie hören. Nur die Gäste, die per App mit dem DJ verbunden sind. Keine riesigen Bassboxen. Nur Datentransfer statt Schallwellen.

„Das schaut dermaßen deppert aus“, kommentiert Vondrakna das unmotiviert scheinende Herumgehopse.

„Aber genial“, sagt die Polizistin. „Keine Ruhestörung, keine Anzeigen von den Anrainern. Lässig.“

Vondrakna schaut auf ihre Uhr. 13 Uhr 54.

Die Polizistin schaut auf ein Poster mit dem Line-up, dem Plan für die Auftritte der DJs und -Janes. Olaf 12 bis 14 Uhr. Dann niemand mehr. „Das geht seit gestern 16 Uhr. Da brauchst du Kondition“, sagt die Polizistin und schaut fast bewundernd auf die rasenden Tanzschritte eines Mädchens mit fettarmer Figur und schweißnassen Haaren.

„Und ein Krokodil“, sagt Vondrakna.

Ein Kellner kommt auf sie zu. „Wir hören eh gleich auf, Frau Inspektor. Wollen Sie was trinken?“

Die Polizistin erwidert freundlich: „Man hört eh nix. Kein Stress. Und ja, wir täten gern was trinken. Wasser wäre fein. Viel Wasser.“

„Ich schau mal, ob unsere Gäste noch was übriggelassen haben“, lacht der Kellner und verschwindet im Gewühl.

Wenige Minuten später scheint die Musik tatsächlich aus zu sein. Die eben noch frenetisch Tanzenden hängen plötzlich bewegungslos wie tote Marionetten an unsichtbaren Schnüren. Manche sinken in totaler Erschöpfung zu Boden. Andere suchen nach einer Richtung, in die sie ziellos taumeln könnten. Einige wenige sind noch im Nachpendelmodus. Obwohl schon längst kein Rhythmus von der App in ihre Ohren geschossen wird, zucken sie noch ein bisschen mit schweren Armen und müden Beinen. Irgendwann werden sie umfallen.

Der Kellner bringt zwei Wasserflaschen.

„Wie sieht es mit Krokodilen bei Ihnen aus?“, fragt Vondrakna.

Der Kellner versteht nicht.

„Krokodile", wiederholt Vondrakna. „Kleine gelbe Pillen mit einem eingeprägten Krokodil. Wie das von den Tennisshirts."

„Sorry, da sind Sie bei mir an der falschen Adresse. Ich versorge unsere Gäste nur mit Getränken. Vor allem mit Wasser. Gratis. Damit sie nicht dehydrieren."

„Wer viel schwitzt, muss viel trinken. Ich weiß", sagt Vondrakna. „Leider hat eine Ihrer Gästinnen zu viel Wasser getrunken. Viel zu viel."

Es ist ein Schuss ins Blaue, den die Kommissarin da abfeuert. Dass das tote Mädchen hier gefeiert hat, ist nur eine Vermutung. Aber als sie dem Kellner das Foto der Toten zeigt, weiß sie, dass sie nicht danebengeschossen hat.

„Das ist die Lilo. Die Lilo W."

„Lilo wer?"

„Eine DJane." Er deutet auf das Poster mit dem Line-up. Lilo W. war gestern von 16 bis 18 Uhr an Turntable und Mixer.

„Uns bekannt als Liselotte Wurzgruber", klärt ihn die Polizistin auf.

„Kein Wunder, dass sie einen Nickname hat. Wurzgruber ist nicht sonderlich sexy", sagt der Kellner.

„Atemlos durch die Nacht!", röhrt plötzlich ein Mädchen aus heiserer Kehle. Ihre Freundin stürzt sich auf sie und entreißt ihr das Smartphone. Sie tappst wie wild mit dem Finger auf dem Display herum.

„Aaaatemlooo…" und schlagartig ist das Mädchen wieder stumm.

Ihre Freundin hat ihr die Kopfhörer von den Ohren gerissen. „Sorry", sagt sie peinlich berührt zu den Umstehenden, -sitzenden, -liegenden. „Mit falscher App connected."

Die Polizistin wollte gerade beginnen, die Gäste zu befragen, aber angesichts des Zustandes der noch Anwesenden lässt sie es bei ein paar erfolglosen Versuchen bewenden.

Vondrakna lässt sich inzwischen vom Kellner erzählen, wie das Verhältnis der DJs und -Janes untereinander ist oder war. Konkurrenzkampf, Eifersucht, Intrigen, ob Drogen im Spiel sind. „Und wie auch noch! Das Parlament ist ein Kindergarten dagegen."

Vondrakna will mehr wissen.

„Lilo hatte einen Wickel mit Monstar. Heißt in Wahrheit Bernd", erzählt der Kellner.

„Warum?", will die Kommissarin wissen.

Der Kellner zuckt mit den Schultern. „Weil Bernd nicht so cool klingt?"

„Warum Wickel?", präzisiert Vondrakna ihre Frage.

„Der Bernhard hält sich für einen Star. Daher der Nickname Monstar, soll wie mein Star klingen. Klingt aber eher nach Ungeheuer, finde ich."

„Und? Ist er ein Ungeheuer?", hakt Vondrakna nach.

„Für die Lilo vielleicht schon. Der Monsterberndi hat durchgesetzt, dass die Auftrittsreihenfolge geändert wurde. Ursprünglich hätte die Lilo den Slot um Mitternacht haben sollen. Beste Zeit. Die wollte der Bernd. Da hat er umgeschichtet und Lilo hat das Warm-up um 16 Uhr bekommen. Um die Zeit ist noch keine Sau da. Dass die voll angepisst war, kann man sich vorstellen."

„Hat es einen Streit gegeben?", fragt Vondrakna.

„Ziemlich sicher. Aber ich hab nichts mitgekriegt. Ich war zu beschäftigt mit dem Eintritt, der Gästeliste und den Getränken und so Zeug halt." Der Kellner gibt im Moment nicht viel mehr her. Vondrakna wendet sich an den DJ Olaf. Der packt gerade das technische Equipment und Schallplatten, ja so richtige aus Vinyl, in Koffer und Taschen.

„Pfoah, was soll ich sagen? Der Bernd is a Oasch", antwortet Olaf auf Vondrakas Frage nach dem Verhältnis von Bernd zu Lilo.

„Der is aber zu jedem oasch. Oder glauben Sie, ich spiel freiwillig die Schlussrunde? Ich würde viel lieber auch vollfett auf dem Dancefloor liegen, als Musik für die hinigen Typen auflegen. Aber warum fragen Sie? Hat ihn jemand umgebracht? Haha."

Nein, ihn nicht. Die Lilo ist tot. Und das bereitet Vondrakna Kopfzerbrechen. Nach allem, was sie gehört hat, müsste Monstar-Bernd das Mordopfer sein. Aber Andrea Vondrakna wäre nicht die Nichte ihrer Tante, wenn sie nicht deren kriminalistischen Scharfsinn geerbt hätte. Tante Margit war immerhin eine Legende bei der Wiener Mordkommission in den 1970er-Jahren.

„Wer ist hier für den Verkauf von Ecstasy zuständig?", fragt Vondrakna geradeaus. Olaf fällt die Kinnlade runter.

„Keine Sorge, ich will Ihnen keinen Strick drehen. Ich war zwar mal beim Rauschgiftdezernat, aber jetzt bin ich beim Mord. Alles andere interessiert mich nur sekundär."

Olaf schaut sie ungläubig an.

„Sekundär kommt nach primär erst an zweiter Stelle. Somit wurscht. Also was ist? Wer ist zuständig?"

Olaf redet langwierig rum, dass man mit den Sozialhelfern zusammenarbeitet, die Leute können ihr Zeug testen lassen, damit keine vergifteten Drogen in Umlauf kommen.

„Ja, alles gut. Aber wer? WER bringt das Zeug? Es werden ja nicht alle ihre eigenen Pillen mithaben?"

Olaf drückt herum. Früher hat er gute Connections gehabt, aber er war nur Lieferbote, wirklich nicht mehr als der Überbringer der Ware.

Vondrakna beruhigt ihn. „Schon gut. Sie sagen *früher*? Und jetzt?"

„Die Lilo", sagt Olaf leise.

Erstaunen in Vondraknas Augen.

„Gutes Zeug eigentlich. Voll gute Halluzinationen. Alles bunt, alles leicht, du schwebst, fliegst und so."

„Und uneigentlich?"

„Na ja, halluzinieren ist nicht jedermanns Sache. Da kann man schon auch einen Horror aufreißen."

„Wie kann ich mir das vorstellen?", fragt die Polizistin.

„Na ja, manche haben so Erlebnisse gehabt, als würden sie in ein schwarzes Loch gezogen werden. Verstehen Sie?", versucht der Kellner zu erklären. „Da wirst du immer länger und kommst nie ganz rein ... so wie ..."

„Spaghettisierung", sagt Vondrakna.

„Genau!", sagt der Kellner.

Die Polizistin schenkt Vondrakna einen verwunderten und anerkennenden Blick. „Haben Sie das aus Ihrer Zeit beim Rauschgift?"

„Nein, vom Mittagessen. Andere Geschichte", winkt Vondrakna ab.

Der Kellner setzt fort: „Und der Bernd hat sie verkauft. Aber wenn es stimmt, was ich gehört habe, wollte die Lilo dem Bernd die Tabletten gestern nicht geben. Wegen der Scheiße mit der Auftrittsreihenfolge. Aus Rache oder so."

Vondrakna und die Polizistin schauen sich gegenseitig zu, wie ihre Gedanken langsam sickern.

„Brauchen Sie mich noch?", fragt der Kellner.

Vondrakna zögert einen Moment, dann: „Blöde Frage, hat hier zufällig jemand eine Angel?"

„Ja, ich", antwortet der Kellner überrascht von der Frage und überraschend für Vondrakna.

„Aber wahrscheinlich nicht hier. Sie haben die Angel nicht hier?", versucht sie erneut ihr Glück.

„Doch, die hab ich hinten im Schuppen stehen. Ich gehe gerne ein bissl angeln. Zum Runterkommen, wenn es eine lange Nacht war." Und er fügt schnell hinzu: „Ich habe eine Lizenz."

„Karpfen oder Raubfisch?", fragt Vondrakna.

„Hecht und Zander. Zum Karpfenfischen braucht man zu viel Zeit", antwortet der Kellner.

„Darf ich die Angel sehen?"

„Sicher." Der Kellner führt die beiden Damen zu einem Geräteschuppen.

Der Schuppen ist noch unversperrt. „Den sperr ich erst zu, wenn ich heimgehe."

Der Kellner kramt im Schuppen herum. Getränkekisten, Sonnenschirme, Klappsessel, jede Menge Zeug. Die Angel ist weg.

„Dunkelgrüne Angelrute mit schwarzer Rolle? Großer goldener Blinker?", fragt Vondrakna.

„Ja, woher wissen sie das?"

„Ich weiß sogar, wo sie ist", sagt Vondrakna.

Kapitel 5
Was ist ein Blinker und was ist ein Krokodü?

„Was ist ein *Blinker*?", fragt die Polizistin, während sie mit der Kommissarin zurück Richtung Urania marschiert.

„Ein künstlicher Köder für Raubfische. Ein glänzendes Blechstück mit einem großen Haken dran. Ein Hecht oder Zander hält das für einen kleinen Beutefisch, schnappt zu und zack, hängt er schon am Haken."

„Gemein."

„Irgendwie schon. Aber in unserem Fall sehr interessant. denn mit einem Blinker fischt man definitiv nicht auf Karpfen!"

Trotz der brütenden Hitze gehen sie jetzt etwas schneller als vorhin. Beflügelt von der Vorfreude, den Fall zu einer Lösung zu bringen.

Als sie wieder auf die andere Uferseite des Donaukanals wechseln und die Schwedenbrücke überqueren, sehen sie Kriminalkommissaranwärter Fessna, der ihnen aufgeregt zuwinkt.

„Bitte, ich weiß was!", ruft er ihnen zu.

Fessna war gerade bei dem Würstelstand, von dem der Sandler, pardon, der Obdachlose gesprochen hat.

„Und jetzt weißt du, was ein Krokodil ist?", fragt Vondrakna mit einem verschmitzten Lächeln.

Fessna macht ein Gesicht, das sagt ‚Haha, sehr lustig'.

Er antwortet: „Haha, sehr lustig. A Krokodü ist ein Gurkerl. Grün und mit Fantasie schaut's aus wie ein Krokodil. Wird sehr gerne zu einer Haßen oder einer Eitrigen als Beilage gegessen. Dazu ein gut gekühltes 16er-Blech ... ich kenn mich jetzt aus im Würstelstand-Jargon. Aber das hast du sicher alles gewusst und mich hingehen lassen, dass ich mich dort mit meiner Frage zum Deppen mach."

Vondrakna entschuldigend: „Du warst so schnell weg. Und ich kann doch nicht ahnen, dass du als Wiener nicht weißt, dass man zum Gurkerl Krokodil sagt."

„Ich komme aus Klosterneuburg", verteidigt sich Fessna. „Aber das ist jetzt völlig egal, ich weiß was viel Wichtigeres." Er hält den beiden Damen sein Tablet hin. Ich hab mir auf die Schnelle ein paar Bilder von der Verkehrsüberwachung schicken lassen. Heute Vormittag, zwischen Salztorbrücke und Aspernbrücke."

„Was sehen wir da? Worauf soll ich achten?“, fragt Vondrakna.

„Kommt gleich. Der Kurtl, das ist einer von den Stammgästen vom Würschtl-Poldi, der war gerade auf dem Weg zum Würstelstand. Von zu Hause im 3. Bezirk. Ein langer Weg, aber ein bissl Sport vor dem ersten Bier kann nicht schaden. Bei der Urania geht er immer runter auf die Promenade Richtung Schwedenplatz. Um ziemlich genau 10 Uhr 30 auf Höhe Aspernbrücke ist ihm ein junger Mann entgegengekommen, im Laufschritt, mit einer Angel. Der Mann hat nicht ausgesehen wie ein Fischer. So von der Kleidung und vor allem den Schuhen her. Mit solchen Schuhen gehst' nicht fischen, sagt der Kurtl. Und jetzt kommt's.“

Fessna macht eine kurze Atempause, schaut die Polizistin und die Kommissarin an, ob er ihre volle Aufmerksamkeit hat. Hat er. Also setzt er fort: „Der Kurtl hat dem Mann noch kurz nachgeschaut, da sieht er, wie der Mann stehenbleibt, und unter der Brücke die Angel auswirft. Immer wieder. In Richtung Brückenpfeiler. Aber der war noch nicht oft fischen, so patschert wie der sich angestellt hat. Der fängt eh nichts, hat sich der Kurtl gedacht, und ist weitergegangen. Und ich hab mir gedacht, vielleicht hat der junge Mann ja doch etwas gefangen …“ Fessna drückt auf PLAY.

Kapitel 6
Monstar-Fisch

„Ja, der Zeuge sitzt noch bei uns im Einsatzbus“, sagt die Polizistin zu Vondrakna. Und ins Handy: „Nicht weggehen lassen. Danke. Sind gleich da.“

Fessna reibt sich die Hände: „Den hamma, den Fisherman.“

„Sieht ganz so aus,“, sagt Vondrakna. „Die Lilo war sauer auf den Monster-Bernd, weil er ihren Auftritt verschoben hat. Deshalb wollte sie ihm die Drogen nicht geben. Es kam zum Streit. Da ist sie davongelaufen. Wahrscheinlich hat sie da schon eine von den Tabletten eingeworfen, war deshalb etwas oder sehr orientierungslos, ist auf die Brücke ...“

„Und hat vielleicht geglaubt, sie kann fliegen?“, mutmaßt die Polizistin.

„Möglich. Oder sie ist gefallen“, sagt Vondrakna.

„Oder der Bernd hat sie gestoßen“, wirft Fessna ein.

„Glaub ich nicht“, winkt Vondrakna ab. „Der wollte nicht, dass die Tabletten baden gehen. Wär' schad' drum. Aus seiner Sicht."

„Die Arme hat vielleicht zuerst geglaubt, das gehört zum Drogentrip, dass sie fliegen kann oder da in ein Loch gezogen wird, dabei war das echt und sie ist ertrunken." Die Polizisten schüttelt es bei dem Gedanken.

„Die Leiche ist abgetrieben ...“, folgert Fessna. „Der Bernd am Ufer ihr nach ...“

„Und ein paar Brücken weiter ist sie dann an einem Brückenpfeiler hängengeblieben. Dort war sie unerreichbar. Außer er wäre hingeschwommen."

Das Trio ist wieder am Leichenfundort angekommen. Im Polizeibus sitzt Bernd. Ihm schwant nichts Gutes, als er die zufriedenen Gesichter der Kommissarin und ihrer Begleitung sieht. Vondrakna konfrontiert ihn mit ihren Ermittlungsergebnissen und ihrer Theorie. Bernd hat dem nichts entgegenzusetzen.

„Ins Wasser springen wollte ich nicht. Ich bin nicht so der Schwimmertyp. Aber ich hab gewusst, dass der Marco, der Kellner, eine Angel im Schuppen hat. Ich war sogar schon mal mit ihm nach einer langen Nacht mit beim Fischen. Daher hab ich ungefähr gewusst, wie das geht, mit dem Hinwerfen und Kurbeln und so. Mit der Angel bin ich wieder den Kanal entlang runtergelaufen ..."

„Bis zur Brücke, wo die Leiche ..."

„Ja, wo die Lilo noch immer am Pfeiler gehangen ist."

„Und dann haben Sie so lange mit der Angel den Blinker hingeworfen, bis sich der Haken an der Toten verfängt."

„Mindestens hundertmal."

„Wird nicht leicht gewesen sein, die Leiche an der dünnen Angelschnur zum Ufer zu ziehen."

„Anfängerglück." Bernd zuckt mit den Schultern. „Ich habe ganz vorsichtig gezogen, den Rest hat die Strömung gemacht. Die Lilo ans Ufer getrieben. Dort bei den Steinen ist sie dann liegenblieben und ich habe sie aus dem Wasser gezogen."

„Und Pech, dass eine Frau, die mit ihrem Spaniel äußerln war, Sie gesehen hat", sagt die Kommissarin.

„Der Hund ist gleich her und hat geschnüffelt. Und sie gleich die Polizei gerufen und Fotos gemacht", ärgert sich Bernd.

„BEVOR Sie die Drogen finden und verstecken konnten", fügt Vondrakna hinzu.

„Ja, echt scheiße. Erst wollte ich weglaufen, aber die hat ja die Fotos gemacht und die Polizei hätte mich schnell gefunden. Also hab ich die Geschichte erzählt, dass ich einen Karpfen fangen wollte, und dann war es halt kein Monsterkarpfen, sondern eine Tote", sagt Bernd resignierend.

„Monstar fängt Monster! Geile Schlagzeile. Haha." Fessnas witzige Bemerkung finden die anderen nur halblustig.

„Aber ich habe die Lilo nicht umgebracht. Ich schwöre." Bernd fleht Vondrakna an.

„Das glaub ich Ihnen", beruhigt sie ihn.

„Was passiert jetzt mit mir?", fragt Bernd in völliger Hilflosigkeit.

„Weiß ich nicht. Eigentlich können Sie nur wegen Handels mit Rauschgift belangt werden. Das fällt aber nicht in meine Zuständigkeit." Vondrakna gibt der Fahrerin ein Zeichen, den Verdächtigen auf die Wache zu bringen, und wendet sich an ihre beiden Gefährten: „Fall gelöst. Wie wär's mit einem Eis?"

„Unbedingt!“, antworten die Polizistin und Fessna wie aus einem Munde.

Kapitel 7
Jolly und Twinni

„Sie haben den Fischer ja von Anfang an in Verdacht gehabt. Wieso genau eigentlich?“, fragt die Polizistin und knabbert die Schokoglasur von ihrem Jolly-Eis ab.

„Weil er Karpfen gesagt hat. Und ich den Blinker mit seinem Haken an Lilos Nase gesehen habe. Da habe ich sofort gewusst, der hat vom Angeln keine Ahnung.“ Vondrakna zieht mit ihren Zähnen die Schokoglasur im ganzen Stück von ihrem Jolly. „Denn kein echter Fischer angelt mit einem Blinker auf Karpfen.“

„Sie kennen sich aus mit Angeln?“, fragt die Polizistin und lutscht genüsslich am Ananaseis ihres Jollys.

„Die Basics. Weiß ich von meiner Tante Margit. Die hat in der Pension ein Gartenhäuschen an der Alten Donau gehabt. Da habe ich den Nachbarkindern hin und wieder beim Angeln zugeschaut. Aber das ist eine andere Geschichte“, antwortet Vondrakna und beißt ein Stück Ananaseis von ihrem Jolly. Die Polizistin und die Kommissarin haben eine gänzlich unterschiedliche Technik, ihr Jolly-Eis zu essen.

Fessna kämpft mit seinem Twinni. Es ist genau das passiert, was fast jedem, der schon mal ein Twinni gegessen hat, passiert ist – beim Teilen der beiden Hälften ist ein Teil abgebrochen. Der obere Teil von grün oder orange, genau am Rand der Schokoglasur.

Fessna hat in der einen Hand den halben grünen Teil, in der anderen den orangen Teil und im Mund das abgebrochene grüne Stück. „*Atemlos …*“ In diesem Moment läutet sein Telefon.

„Cooler Klingelton“, sagt die Polizistin.

Fessna wirft der Vondrakna triumphierend einen vielsagenden Blick zu. Dabei rinnt ihm grünes geschmolzenes Eis aus dem Mund. Und das Handy läutet weiter. „*Atemlos …*“

Mozart goes Vorstadt!

von Norbert Peter

„Normal halt." Es war zum Haareraufen: Da verschwindet ein 5-jähriges Mädchen am helllichten Tag, genau genommen etwa um vier Uhr nachmittags am 13. August, an der Hand des großartigsten Musik-Genies, das unser Land je hervorgebracht hat. Und die Beschreibung des potenziellen Täters beschränkt sich auf „normal halt", begleitet von den Worten „Perücke", „rotes Faschingskostüm", „wie beim Kaiser" und „leider nur von hinten gesehen".

Zu der allgemeinen Hektik so kurz vor dem 15. August, dem Feiertag, wo alle ihr langes Wochenende genießen wollen und Urlaub für den Fenstertag genommen haben, kam noch die greifbare Nervosität wegen der vermissten Chantal.

Eine gemeinsame Aktion der Stadt und des Umweltministeriums mit einem Eisladen hatte schon seit Anfang August süße Freuden auf die Spielplätze zwischen den Hochhäusern des 10. Wiener Gemeinde-Bezirks gebracht: Mozarts verteilten Eis mit Pistazien-Nugat-Geschmack und kalte Kakao-Getränke rund um den Teich am Wienerberg. Vor Jahren künstlich angelegt, erweist er sich als Erholungsgebiet für die Bevölkerung, in dem man nicht nur die Natur genießen kann, sondern auch einiges auf Infotafeln über die Tierwelt erfahren. Beim Baden sollte man allerdings aufpassen, dass dabei die brütenden Drosselrohrsänger nicht gestört würden. Und so hatten die Mozarts nicht nur die Aufgabe, das beliebte neue Eis unter die Menschen zu bringen, sondern auch darauf zu achten, dass die Menschen die Vogelwelt achten lernen. Die Kombination „Drosselrohrsänger" mit „Mozart" war der Marketingabteilung des Ministeriums entsprungen. Schließlich war da ja dieses Schlüsselwerk des Wolfgang Amadeus Mozart: Gab es da in der „Zauberflöte" nicht sogar einen Vogelfänger?

Zuerst suchte man an einer der führenden Schauspielschulen nach Arbeitskräften, die den Mozart geben sollten: Aber am Max-Reinhardt-Seminar stellte man sich die Ferialjobs für Studierende etwas anders vor.

Also wurde das Sozialreferat aktiv und übertrug die Suche an das Arbeitsamt. Mehr oder minder motivierte, nun nicht mehr Arbeitslose in roten Fracks mit weißer Perücke schwärmten ab 1. August nach kurzer Einschulung aus, um den Kleinen eine Freude zu bereiten und für Lernstoff und Achtsamkeit auch in der Sommerzeit zu sorgen.

Aber ab 13. August begann alles aus dem Ruder zu laufen.

Kapitel 1, 13.8., 16 Uhr

„Mama!“, ein kleiner Bub versuchte, zu seiner Mutter durchzudringen. „Gleich. Die Mama muss das nur noch fertig machen.“ Sie stand neben dem Kinderwagen, mit Minirock und Bikini-Oberteil bekleidet. Eine große Sonnenbrille verdeckte das halbe Gesicht. Sie starrte auf das Mobiltelefon, das in diesem Moment als Spieleplattform diente, wobei die dunkle Sonnenbrille das Spiel erschwerte. Dieses forderte offensichtlich die volle Aufmerksamkeit.

„Mamaaaa!“, ein weiterer Anlauf. „Jaa, was denn, Nico, um Gottes Willen?“, herrschte die Frau ihr Kind an. Ihr Mann hatte sie gewarnt. „Spiel nicht neben den Kindern! Das geht nicht. Die hauen dir jeden Highscore zusammen.“ Sie hätte auf ihn hören sollen. 15 Minuten Aufbauarbeit, um kurz vor dem Ziel abzustürzen. Nicht irgendwo, sondern von einer Pyramide in Peru. Aus. Die Möglichkeit zum Neustart. Aber das war ja sinnlos neben dem Nachwuchs, der es immer wieder verstand, die kleinen Freuden des Alltags zu verhindern.

„Die Chantal ist weg.“ – „Dann spielst du halt mit der Jasmin. Stell dich bitte nicht so an.“ – Nico fing an im Stand hin und her zu wippen. Er verstand nicht, dass er nicht verstanden wurde. Dass seine Mutter nicht verstehen wollte. Seine Mutter warf einen Blick in den Kinderwagen: Wenigstens da rührte sich nichts. Aber da die Hitze wieder unerträglich wurde, beschloss sie, wieder in die klimatisierte Wohnung zurückzukehren.

Kapitel 2, 13.8., 17 Uhr

„Mein Kind ist weg, die Chantal!" Daniel Ledermeister war sehr nervös gewesen, als er in der Polizeistation aufgetaucht war. Diese war, praktischerweise in das Ensemble des Gemeindebaus integriert, auf Stiege 1 zu finden.

Eine Viertelstunde hatten die Diensthabenden versucht, Struktur in seine Aussagen zu bringen. Vergeblich. Er hatte am Streetballplatz gespielt, beim Teich. Aber nicht mit seiner Tochter, sondern mit seinen Freunden. Die konnte er aber nicht benennen, weil er das erste Mal mit ihnen gespielt hatte. Fußball. „Mit diesen Schuhen? Mit dieser Hose?" – Ja, da war man flexibel. Wenn sich die Gelegenheit für ein Kickerl ergab ... Und war da seine Tochter dabei gewesen? Die sollte da ja nicht dabei sein, das sei keine Umgebung für ein Mädchen. „Fußball ist nichts für Mädchen?" – „Nein, das Rauchen, die Gespräche ..."

Letztlich hatten die Beamten beschlossen, die Begutachtung vor Ort fortzusetzen. Die Sommerhitze ließ langsam nach, es hatte aber sicher noch über 30 Grad am Spielplatz, was eine Handvoll Kinder nicht davon abhielt, sich an einem Klettergerüst ohne Schattenspender zu unterhalten. Als sich die Beamten näherten, verschwanden zuerst ein paar Zigaretten, dann auch die Kids.

Beim Streetballplatz stand eine Bank, die dort ursprünglich nicht hingehörte. Darauf saßen drei Männer und blickten den Neuankömmlingen entgegen. „Stopp", entfuhr es dem Vater des vermissten Kindes. Die Polizisten hielten an und sahen erwartungsvoll zu Ledermeister. „Ich ... ich war nicht hier. Ich war bei der Jessica." Ledermeister deutete auf das Hochhaus links hinter dem Zaun, der die Spielfläche umgab. Er war dort maximal eine halbe Stunde. Er hätte Chantal aber fix das Versprechen abgenommen, dass sie keinen Blödsinn macht, dass sie unbedingt beim Spielplatz bleiben müsse und dass sie auf keinen Fall mit fremden Männern mitgehen dürfe. „Wäre es möglich, dass sie nichts der Kathie sagen? – Sie ist die Mutter." – „Wir sollen der Mutter vorenthalten, dass ihre Tochter verschwunden ist?" Die Polizisten sahen sich ratlos an.

Kapitel 3, 13.8., 19 Uhr

Die Frau war lästig gewesen, sie hatte es mit ihrem Kind und einem Kinderwagen bis zum Schreibtisch des diensthabenden Postenkommandanten geschafft. Es war schon spät, wieder einmal viel zu viel los gewesen und dann war da auch noch die Chantal, die zu erhöhter Aktivität im Team führte.

„Mein Name ist Nicole Lang und ich will eine Aussage machen." Horst Sprängler legte seine Dienstmütze auf den Schreibtisch, zog ein Formular zu sich und lud die Frau ein, weiterzureden. Mit einem Ruck zog sie ein Kind hinter ihrem Rücken hervor: „Mein Sohn Nico hat den Entführer gesehen! Stimmt's Nico? Nico! Jetzt sprich endlich!"

Das Szenario fühlte sich für Sprängler nach Überforderung an. „Ich hole meine Kollegin, Andrea Winkler, dazu. Sie ist spezialisiert auf Zeugengespräche mit Minderjährigen", sprach er und griff zum Telefon. 15 Minuten später stand eine Polizistin im Raum, keine 30 Jahre alt, dezent geschminkt, mit dunkler Kurzhaarfrisur. Sprängler führte seine Kollegin, die von einem Außeneinsatz zurückgehetzt war, kurz ein und überließ ihr daraufhin die Gesprächsführung.

„Normal halt", hatte Nico zuletzt gesagt, im wahrsten Sinn des Wortes. Danach war er verstummt. So sehr seine Mutter an ihm zog und rüttelte, ihn anflehte und ihn kommandierte, der 5-Jährige sagte nichts mehr.

Es hatte sich herausgestellt, dass Nico einer der letzten gewesen war, der Chantal gesehen hatte. Seine Mutter war mit ihm und seiner kleinen Schwester im Park in der Nähe des Wienerbergteiches, „als das Verbrechen geschah", wie Nicole Lang sich ausdrückte. Ihr Sohn Nico hatte gesagt, dass seine Freundin verschwunden sei. Zuerst hatte sie dem keinen Wert beigemessen. Als sie aber zwei Stunden später in ihrer Küche gesessen hatte und in der WhatsApp-Gruppe ihrer Freundinnen „Chill & Enjoy Stiege 7–14" gelesen hatte, dass die Kathie ihre Chantal vermisst, hatte es bei ihr geklingelt. Sie hatte sofort ihren Nico gepackt und war zur Polizei marschiert.

Kurz hatte Nico auf dem Kommissariat noch Einblicke in seine Welt gegeben: „Die Chantal ist mit der roten Frau mit weißen Haaren weggegangen." Nach kurzer Diskussion über das Erkennen oder Nicht-Erkennen von Perücken hatte man sich geeinigt, dass es einer der zahlreichen Mozarts gewesen sein muss, an dessen Hand Chantal wegspaziert war. Gut. Also ein Mozart. Und wie hatte der ausgesehen? „Normal halt", murmelte der Bub. Wohin gingen die beiden? Das war bereits nicht mehr aus Nico herauszubringen.

Nicole Lang hatte nicht gesehen, wie Nico mit Chantal gespielt hatte, und hatte auch keine Ahnung, wie die Kathie aussieht. Nein, auch zu ihrer Mutter hatte sie nie wissentlich Kontakt gehabt. Sie sei halt eine der rund 50 Kontakte in der WhatsApp-Gruppe. Und dort ging es eigentlich hauptsächlich um so Themen wie den Verkauf von Aroma-Ölen oder den Hinweis auf Lach-Yoga-Kurse, die jeden zweiten Mittwoch im Gemeindezentrum angeboten wurden. Und natürlich konnte man dort auch sein überflüssiges Leder-Sofa anbieten, nach einem Grillanzünder fragen oder einen Mozart mieten. Ja, Mozart. Das war möglich. Der ehemalige Hausmeister, der seit zehn Jahren in Pension war, verdiente sich auf diesem Weg etwas dazu. Er bot sich als beliebte Einlage bei privaten Feiern an. Setzte seine Perücke auf, tanzte, gab eigenartige Töne auf einer Flöte von sich, verschenkte Mozartkugeln und am Schluss zum Gaudium aller hob er seinen Rock, wobei er seinen Allerwertesten entblößte und entschwand. Das war seine Mozart-Show. Machte er um 100 Euro.

Kapitel 4, 13.8., 20 Uhr

Nachdem die Familie Lang wieder verschwunden war, einigte man sich auf dem Posten darauf, das Bezirkskommissariat zu informieren und ansonsten Ausschau zu halten nach Mozarts und diese, wenn möglich, zu befragen. Wenn sie schon nicht selbst die Täter waren, dann wenigstens Zeugen.

Außerdem beschloss man, dem Mozart aus der WhatsApp-Gruppe einen Besuch abzustatten.

Andrea Winkler bekam diese Aufgabe zugeteilt. „Sie kennen sich doch sicher aus mit klassischer Musik?" hatte ihr ihr Boss Sprängler zugezwinkert. Tatsächlich war sie weder eine Expertin für klassische Musik noch für Kleinkindverhöre. Sprängler zog Winkler einfach gerne für jede Tätigkeit heran, für die er sich zu alt fühlte. Und da er im Jänner 60 Jahre würde, fühlte er sich für fast alles zu alt. Die junge, frische Absolventin der Polizeischule durfte hingegen ausgiebig Erfahrungen sammeln. Das war ein Grund mehr, warum ihr Idealismus von Tag zu Tag schwand.

Aber diese Tage standen für sie ohnehin unter keinem guten Stern. Privat. Das wusste man sogar an ihrer Arbeitsstelle, dass sie und ihr Freund Dieter zu kämpfen hatten. Was man nicht wusste, war, dass Dieter seit der für ihn heftigen Nachricht in eine ernste Depression zu kippen drohte. Aber, so befand Andrea Winkler, das sei nichts, was ihre Arbeitgeber oder Kollegen zu interessieren hatte. Das hatten sie allein zu meistern. Mit der dunkelschwarzen Wolke, die sie umgab, mussten sie alleine zurechtkommen.

Winkler läutete auf Stiege 7 an Tür Nummer 1, das Türschild war unbeschrieben. Es öffnete ein älterer, unrasierter, weißhaariger Mann, bei dem es sich offensichtlich um besagten Leih-Mozart handelte. Das war er nicht immer, erklärte er. Er hatte in seiner Jugend schon gerne den Osterhasen gegeben. Später hatte er den Nikolo in sein Repertoire mit aufgenommen. Er machte sogar Krampus. Wenn es sein musste. Und dann kam dankenswerterweise die Zeit der Mozarts. Seit dem Kinofilm „Amadeus" fand er Mozart großartig. „Haben Sie den gesehen?", fragte er. Und nachdem in der Stadt immer wieder Tickets für Konzerte von Verkäufern in Mozart-Kostüm angeboten worden waren, hatte er sich gedacht, dass das auch was für ihn sein könnte.

Andrea Winkler war nicht ganz bei der Sache, wickelte das Gespräch aber routiniert ab. Sie nahm die Daten auf: „Josef Schwarz" notierte sie, in Wien geboren. „Keine Vorstrafen", verkündete er stolz und bestimmt. Wo er am Nachmittag gewesen war? Zu Hause. Seine Putzfrau könnte das bestätigen. Winkler ließ sich die Telefonnummer der Putzfrau Jana geben. Die Adresse kannte Josef Schwarz nicht, irgendwo in der Slowakei, im Großraum Bratislava würde sie wohl leben.

Das musste reichen. Für heute. Der Tag war schon jetzt viel zu lang gewesen. Sie schickte die Daten mit ihrem Diensthandy an ihren Vorgesetzten und beschloss, sich um ihre Sachen zu kümmern. Schließlich stand auch für sie und Dieter ein langes Sommer-Wochenende vor der Tür. Und das sollte kein Desaster werden.

Kapitel 5, 13.8., 20.30 Uhr

Der ehemalige Hausmeister war erleichtert, als die Polizistin wieder gegangen war. Er eilte zu seinem Bücherschrank, zog mehrere Wälzer heraus, holte zahlreiche kleine Säckchen hervor, die dahinter versteckt waren, und stopfte sie in einen großen Plastiksack. Dann setzte er sich an seinen Computer und verbrachte dort viel Zeit mit dem Löschen von Dateien und Suchverläufen. Das Letzte, was er jetzt brauchen konnte, waren allzu neugierige Bullen. Die Beamtin, die ihn aufgesucht hatte, schien zum Glück ohnehin nicht übermäßig interessiert. Er hoffte, sie ausreichend hingehalten zu haben. Aber es war ihm auch klar, dass der Aufschub nicht von langer Zeit sein würde. Die Uniformierten könnten jederzeit wieder vor der Tür stehen. Er musste sich sputen, es gab noch einige Spuren zu verwischen.

Kapitel 6, 14.8., 11 Uhr

Am nächsten Tag befand sich Andrea wieder im Außendienst. Die Daten vom Hausmeister wurden vom Kommissariat überprüft. Der Vater von Chantal wurde nochmals befragt: Seine Freundin Jessica Marusic hatte nach kurzem Zögern bestätigt, dass er im fraglichen Zeitraum bei ihr gewesen war. Sie hatte noch gefragt, ob es möglich wäre, Kathie nichts zu erzählen. Sie sei immerhin ihre ehemalige Schulkollegin und würde ihr immer für Kaffee und Kuchen gratis die Haare schneiden ...

Davon bekam Andrea Winkler nicht allzu viel mit. Sie befand sich auf Streife rund um den bewussten Spielplatz, auf dem Chantal zuletzt gesehen worden war. In ihr herrschte Unruhe.

Winkler beobachtete das Treiben. Es war viel los, aber die meisten Menschen, sogar die mit Kindern, verweilten kaum im Park. Hier und da tauchte ein Mozart von der Umwelt-Eis-Aktion auf. Diese war nach dem Verschwinden Chantals eigentlich beendet worden, aber das dürfte sich noch nicht bis zum letzten Frackträger herumgesprochen haben. Manche geisterten immer noch rund um den Teich. Bei dieser Hitze sich so zu verkleiden, ist ja kaum zu ertragen, dachte sich Winkler.

Der Teich war im Zentrum eines Landschaftsschutzgebietes. Aber auch den Menschen, die dorthinkamen, wurde neben dem Naturerlebnis auch einiges geboten: Ballspielplätze, eine Liegewiese und sogar ein Nacktbadebereich.

Andrea Winkler dachte sich ihren Teil, wenn sie die Eltern beobachtete, die sich bei einem Spielplatz niederließen. Ein Mädchen, das auf einer Schaukel saß, wurde regelmäßig von seiner Oma von hinten geschubst, damit die Schaukel noch etwas höher schwang. Andere Kinder beschäftigten sich ohne Zutun Erwachsener. Wenn diese überhaupt anwesend waren, dann waren sie in ihre Mobiltelefone vertieft. Ein Vater hatte sogar einen Laptop auf seinem Schoß statt seines Kindes.

Bis gestern war auch Chantal hier gewesen. Winkler fand Eltern letztklassig, die Kinder in die Welt setzten und diese dann der sozialen Verwahrlosung überließen.

Dieter hätte gerne Kinder gehabt, sie auch. Das hätte wunderbar gepasst, fand sie. Das zeigte sich unter anderem auf einer der zahlreichen Reisen. Als sie vor zwei Jahren auf einer Kreuzfahrt am Mittelmeer unterwegs gewesen waren, hatte sich ein Kontakt zu einer Familie mit drei Kindern ergeben. Mit dem Ergebnis, dass die Kinder am Ende beim Aussteigen in Ancona lieber bei ihnen geblieben wären. Und sie auch bei den Kindern. Von da an war festgestanden, dass sie und Dieter auch bald Kinder haben wollten. Da aber der gewünschte Erfolg nicht eintrat, waren sie bei diversen Ärzten gewesen. Die hatten bei Dieter nicht nur festgestellt, dass sein Körper wenige Spermien produziert, sondern dass diese auch ungewöhnlich langsam unterwegs sind. Keine guten Voraussetzungen, um Kinder zu zeugen. Damit war auch der Kinderwunsch für sie abgehakt.

Winkler entdeckte auch „alte Bekannte“: Nicole Lang saß mit ihren Kindern auf einer Bank. Nico spielte beim Klettergerüst. Nicole Lang tippte heftig in ihr Handy. Wahrscheinlich musste man sich über die neuesten Gerüchte austauschen: Wo war Chantal? In einem Keller? War sie das Opfer von Organjägern, die auf der Suche nach Nieren und Leber für ihre wohlhabenden Kunden keine Skrupel hatten? – Nico entfernte sich vom Klettergerüst.

Kapitel 7, 14.8., 14 Uhr

Andrea Winkler trug ein Mozartkostüm. Das war die Idee ihres Bosses Sprängler, die Situation zu überwachen, ohne als Polizei in Erscheinung zu treten. Sie sah, wie der Bub das bekannte Areal zwischen den Hochhäusern verließ. Sie beschleunigte ihre Schritte, um ihn nicht aus den Augen zu verlieren. Zwischen den Stiegen 13 und 14 führte ein Weg zur Straße und von dort aus konnte man auf die andere Straßenseite schauen. Der Traum so manches Hochhausbewohners breitete sich aus: eine Siedlung mit Einfamilienhäusern! Kleine Wochenendhütten wechselten sich mit massiven zweigeschossigen Neubauten ab, in denen sich auch die Mitglieder von Großfamilien so verteilen konnten, dass sie sich nicht täglich über den Weg liefen.

Nico überquerte die Straße, zuvor brav links und rechts schauend, um herankommenden Autos auszuweichen. „Als würde die Gefahr von den Fahrzeugen ausgehen," ging es der Polizistin durch den Kopf.

Da läutete ihr Handy. Sprängler, ihr Vorgesetzter! „Ihr Hausmeister von Stiege 7 ist kein unbeschriebenes Blatt, wussten Sie das?" Winkler versuchte, den Buben nicht aus den Augen zu verlieren und gleichzeitig ihrem Vorgesetzten zuzuhören: „Ja? Hatten wir seine Daten nicht gestern abgerufen?", fragte sie zurück. Sprängler wurde lauter: „Ja, wir haben einen Josef Schwarz abgerufen. Aber unser Hausmeister heißt nicht Schwarz wie die Farbe, sondern hat auch noch ein ‚t' im Namen. Schwartz mit ‚tz', werte Kollegin!" „Und?", fragte Winkler nach, der Bub verschwand hinter einem weißen Lieferwagen. „Und? Halten Sie sich fest: Josef Schwartz mit ‚tz' ist vorbestraft. Er war auch schon Schulwart. Da gab es vor 40 Jahren einen Zwischenfall mit ein paar Oberstufenschülern. Er hatte Partys veranstaltet, auf denen es auch Drogen zum Konsumieren gab. Seitdem durfte er nicht mehr im Umfeld von Minderjährigen arbeiten."

Sprängler ließ seine Worte wirken. „Zwei Kollegen sind auf dem Weg zu ihm." Nico tauchte auf der anderen Seite des Lieferwagens wieder auf.

Plötzlich erschien zwischen den parkenden Autos ein Mozart und steuerte auf den Kleinen zu. „Aufpassen!", schoss es ihr durch den Kopf. Sie beendete übereilt und grußlos das Telefonat.

Sie hastete über die Straße und rief: „Hallo, Nico! Wohin gehst du denn?" – Der Kleine blieb kurz stehen. Der Mozart wurde langsamer. Er betrachtete kurz die Szene, dann wandte er sich ab. Andrea Winkler überlegte kurz, dann beschloss sie, bei dem Jungen zu bleiben. Sie blickte ihn an, lächelte und wiederholte ihre Frage.

Nico antwortete: „Meine Freundin ist da hinten!" Er wollte schon wieder weitergehen. Jetzt galt es, das Vertrauen des Kindes zu gewinnen.

Bemüht vertrauenserweckend und freundlich gab sich die Ermittlerin: „Nico: Du kannst dich doch an mich erinnern? Deine Mama und du, ihr wart bei uns auf dem Polizeiposten und wir haben uns unterhalten." Sie hob ihre Perücke an und zwinkerte ihm zu. Der Junge zögerte. Er nickte.

„Willst du mir helfen? Du bist doch schon groß und kannst mir sicher helfen. ... Du hast uns von deiner Freundin erzählt. Von Chantal." Pause. „Deine Mama hat gemeint, dass du was gesehen hast." Der Bub nickte wieder. „Dann hast du aber nicht weiter gesprochen ... Warum hast du nichts mehr gesagt?"

Der Bub knabberte an den Fingernägeln seiner rechten Hand. „Meine Mama ..."

„Deine Mama ist sehr streng, nicht wahr?" – Nicos Mama, hatte dem Buben tatsächlich zu viel Druck gemacht. Im wahrsten Sinne des Wortes: Sie hatte ihn an der Hand nach vorne gezogen, seine Finger waren ganz rot geworden, wie auch sein Gesicht. Ihre Nase knapp vor seiner: „Jetzt sag der Polizei, was du mir auch gesagt hast!" – Keine Reaktion.

So ticken Kinderseelen nicht. Andrea wusste das nur zu gut.

„Mein Name ist Andrea", sagte sie lächelnd. Sie streckte dem Kind die Hand geöffnet hin, um ihm die Initiative zu überlassen. Und tatsächlich: Nico ergriff die Hand. Sanft schloss Andrea ihre Hand um die seine, mit so viel Druck wie nötig, um Geborgenheit und die Richtigkeit der Situation zu bestätigen. Aber mit so wenig Druck, dass Nico seine Freiheit spürte. Sogleich begann er in die Richtung zu ziehen, die schon zuvor sein Interesse geweckt hatte.

Er zog seine neue Vertraute zwischen die Gärten. Andrea war mulmig zumute. Was, wenn er wirklich wusste, wohin Chantal verschwunden war? Hatte der Knirps gar keine Angst? Sie spürte, wie der Adrenalinspiegel in ihr anstieg.

Nico zog weiter und weiter. Andrea, an seiner Hand, knapp an ihm dran, bemerkte, wie sie sich einem unscheinbaren Einfamilienhaus näherten. Andrea keuchte. Was hatte das Kind tatsächlich gesehen, überlegte sie.

Und was bedeutet das für Nico? – Der Bub grinste sie an. „Da rein." Er deutete auf die massive Haustür, auf der eine große gelbe Sonne aus Holz prangte und die Andrea nur allzu bekannt war.

Kapitel 8, 15.8., 16 Uhr

Der Duft von frisch gegrillten Bratwürsten lag noch in der Luft. Andrea schob den leeren Teller mit Spuren von Senf satt und zufrieden von sich. Sie hob das Glas und nickte Dieter zu: „Das ist für dich und ich denke, es ist ein würdiger Abschluss." Ihr Blick streifte durch den Raum, in den Wintergarten hinaus, blieb am Griller hängen. Daneben stand eine Salatschüssel. Und davor, als Krönung, ein kleiner, mit Wasser gefüllter Pool, rund, etwa zwei Meter groß. Indoor, aber mit großen Fensterscheiben, die einem vermittelten, dass man mitten im Sommer war.

Im Zimmer auf dem Sofa lag das vollendete Glück: die Kinder! Der Bub und das Mädchen! Ursprünglich hatte sie ja gedacht, dass das Glück mit dem Mädchen schon perfekt gewesen wäre. Aber das Schicksal wollte es offensichtlich so, dass das Mädchen auch noch ihren Freund an der Seite haben sollte. Nico war durch die Tür getreten, wie zwei Tage zuvor Chantal. Sie hatte wie schon bei dem Mädchen nicht viele Überredungskünste einsetzen müssen. Der Bub war in Dieters Haus gelaufen, nachdem sie aufgesperrt hatte. Sogleich hatte er seine Chantal gefunden und lachend umarmt. Er hatte sich dann zu ihr auf den

Boden gesetzt und sie hatten miteinander einen Teddybär aus Lego-Bausteinen gebaut. Anschließend hatte Andrea vorgeschlagen, dass sie sich stärken sollten, mit Eis, Schokolade und Kakao.

„Wollt ihr Kakao? Ganz süß? Eine Tasse? Die wird euch guttun." Und Nico und Chantal waren müde geworden und mit einem Lächeln eingeschlafen. Eine Mischung aus Kakao und leichtem Schlafmittel hatte für Ruhe nach dem Spielen im Pool und den Köstlichkeiten vom Griller und natürlich der Extraportion Vanille- und Schokoeis gesorgt.

Andrea ging ins Schlafzimmer und kuschelte sich zu ihrem Mann mit den langsamen Spermien. Dieter hatte sich immer Kinder gewünscht, zumindest einen Sommerurlaub lang. Und eine liebende Frau, wie sie eine war, wollte ihm diesen einen sehnlichen Wunsch erfüllen. Und die Kinder waren endlich von Menschen umgeben, die die Zeit mit ihnen schätzten und sie liebevoll verwöhnten.

Wobei Andrea schon klar war, dass diese Art, mit unglücklichen Kindern umzugehen, noch einmal überdacht werden musste. Vielleicht sollte sie ja Psychologie studieren und sich auf Kindeswohl spezialisieren? Oder Pädagogik? In den Kindergärten wird ja auch dringend Personal gesucht ...

Zuvor musste sie aber noch die Kinder wieder freisetzen. Sie beschloss, die beiden schlafenden Mäuse zu einem Krankenhaus zu bringen. In einer Babyklappe abzulegen, anonym.

Die Kinder, denen allzu oft ohnehin keiner zuhört, würden dort die Geschichte vom Badespaß im Wintergarten erzählen und die Stadt und der Boulevard hätten ihr heiß ersehntes Sommerwunder.

Franziska Waltz
Claus Schönhofer

Plötzlich ein Schuss

ISBN 978-3-903113-65-7
416 Seiten,brosch., € 16,50

Wie schwer kann es für das Wiener Autorenduo Ilona und Kurti sein, gemeinsam einen Fernsehkrimi zu schreiben? Sehr! Denn außer einem Titel und sechs Wochen Zeit haben sie rein gar nichts. Die Suche nach der perfekten Story gestaltet sich schwieriger als gedacht. Die Zeit läuft davon. Plötzlich verschwindet Kurti. Was ist passiert? Was zunächst wie ein Krimi aussieht, entpuppt sich bald als irrwitzige Verwechslungsgeschichte mit einer völlig überraschenden Auflösung.

Franziska Waltz
Claus Schönhofer

Plötzlich ein Foto

ISBN 978-3-903989-05-4
420 Seiten, brosch., € 17,60

„Meine Ex ist tot!" Mit diesem Knalleffekt starten Ilona und Kurti in ein neues E-Mail-Abenteuer. Doch was ist passiert? Wurde sie ermordet? Ans Tageslicht geraten bald schreckliche Überraschungen, die Kurti aus der Fassung bringen. Weil er aber mit einer neuen Liebe in den Tropen festsitzt, macht sich seine beste Freundin Ilona auf die Suche nach Antworten. Plötzlich taucht ein mysteriöses Foto auf. Die Jagd führt um den halben Globus und durch die Gedankenwelt der beiden Protagonisten.

Die Autorin, die Autoren

Franziska Waltz

Kommunikationswissenschaftlerin, Filmproduzentin und Buchautorin. Schreibt lieber im Winter, um im Sommer besser morden zu können. Da ist sie als Wasserliebhaberin oft auf Gelsenjagd und entwickelt dabei mörderische Hirngespinste, die sie in ihren Krimis auslebt.

Claus Schönhofer

Buch- und TV-Autor, Kabarett-Regisseur. Liebt den Sommer, weil man unterm Sonnenschirm so gemütlich seinen Mord-Fantasien nachhängen kann. Wer hatte bei 39 Grad im Schatten an einem Sonntag in einem Wiener Freibad noch keine Mordgelüste?

Norbert Peter

Autor und Kabarettist. Ist auf Kriegsfuß mit der Sommerhitze. Folgerichtig neigen dann auch seine literarischen Figuren dazu, ihre Gefühle nicht immer unter Kontrolle zu haben. Das Ergebnis sind in Satire gegossene Verbrechen.